술 마시고
우리가 하는 말

술 마시고
우리가 하는 말

한유석 지음

달

contents

멀미

맹물처럼 입안에 빙빙 돌지 않고, 술술 넘어가서 술이라고
한다.

한자리에 맴도는 것은 멀미를 만든다. 지루한 반복에 균열이
가서 생기는 세상멀미, 일멀미, 사람멀미, 음식멀미, 사랑멀
미에 힘들다. 위태롭다. 벽이다. 암흑이다. 그래도 늘 술술 넘
어가 멀미가 없는 것이 있어 산다. 술멀미, 숲멀미, 꽃멀미는
없다.

그리고 걷는 일에는 멀미가 없다. 걷는 것은 힘나는 일이고,
그 자체로 안식처가 되는 일이다. 걷기를 통해 어쩌면 사는
일의 멀미를 이겨내는지 모른다. 걷기가 여행이고, 그 기억으
로 세상을 건넌다. 웅덩이를 뛰어넘을 힘도 주고, 한 달째 내

리는 장마에도 웃을 수 있는 여유를 갖게 한다. 약함과 강함을 아우르는 지혜도 걸으며 배운다. 먹고사는 일에 앉아 있어야 할 시간이 길어질 때, 걸었던 길의 단상을 들여다보며 마음으로 걷는다.

흐린 날씨, 안개가 끼고 계절은 가을로 가고 있다. 숲은 고요하고 곳곳에 숨은 마을들……. 산도 계절을 걷고 있다. 새벽 꿈속에서 중요한 비밀을 듣지 못했다. 그래서 비워지지 않는 안타까움. 꿈도 삶도 원하는 것을 다 주지는 않는다. 그래서 늘 남아 있는 허기. 그 허기 때문에 계절 위를 걷는지 모르겠다.

이들이 빠르게 걸을 수 있을까. 한국에서 헉헉거리며 걸어온 내게는 이곳의 보폭과 속도가 낯설다. 그러나 천천히 걷는다는 것은 행복해지는 일이기에 나 또한 머문다면 천천히 걷게 되리라. 지나지 않고 머문다면 말이다.

떠나오면 혼자가 되어도, 혼자서 걸어도 마냥 행복하다. 새벽녘의 음산한 웃음소리도, 알아들을 수 없는 언어도 두렵지 않다. 세상 그 누구와 공유할 수 없어도 괜찮다. 백 퍼센트의 나를 만나기 위해 걷는다.

갈대가 한창이다. 흔들림도, 멈춤도 아픔이 아니라고 이야기하는 밝은 갈대가 웃음 같다. 갈대가 선명한 하늘 같고, 풍성

한 수국 같다. 근심이 자리할 곳이 없다. 돌길을 걸으며, 여유를 걸으며 그렇게 길을 묻고 있다.

아침에 중세마을에서 눈을 뜨고, 걷는 것은 전생을 만나는 일이다. 이전으로 돌아간다는 것은 시간을 좀더 천천히 걷는다는 것이다. 더 많이 볼 수 있다는 것이다.

순례의 길을 걷는 사람들. 그들이 짊어진 짐 자체가 순례이다. 무게의 짐. 마음의 짐…… 과연 내가 그 무게와 마음의 짐을 짊어지고 걸어갈 수 있을까. 33일의 그 길을 걷고 나면 가벼워질 수 있을까.

머물며 내 안의 회색 상처와 말하지 못하는 분노, 슬픔, 우울의 사막을 헤맬 때는 걸었던 기억을 들여다보는 것으로는 부족하여 마신다. 그 술은 붉기도 하다. 맑기도 하다. 춥기도 하다. 뿌옇기도 하다. 알싸하고 찌르르하기도 하다. 마음까지 다다르는 시간이 너무 빨라 아프기도 하다.

결

프라하에서의 크리스마스!
프라하에서의 12월 31일!

겨울이면 해가 짧아지는 유럽에는 가지 않는 것이 나름의 여행법이었다. 유럽은 큰맘 먹고 가는 곳인데 두터운 옷의 짐도 버겁고, 짧아진 해 때문에 여행 일정의 5분의 2는 밤에 묻히는 것 같아서이다.

나와 닮은꼴로 체구만 나의 80퍼센트 사이즈이기에 이종사촌이라고 오 년 넘게 사람들을 속였던 진영이가 회사를 그만두고 11월말 독일 언니네로 가기 전, 연말연시를 동유럽에서 함께 보내자고 제안을 했다. 독일에서 성악을 하는 형부를 통해 빈 송년음악회 티켓까지 준비하겠다는 거절하기 힘든 미끼와 함께 말이다. 부랴부랴 프라하 직항노선을 예약하니 공교롭게 가는 날은 12월 25일이고, 오는 날은 1월 2일이다.

크리스마스에 프라하에 도착했다. 진영과는 12월 26일 아침, 부다페스트 기차역에서 만나기로 했기에 크리스마스 저녁은 혼자이다. 혼자라도 특별한 식사를 하자는 생각에 매년 봄 음악회가 열리는 아르누보 양식의 우아한 건축물인 시민회관에 있는 카페레스토랑을 찾았다. 딱 한 테이블이 남아 앉았는데 주변은 온통 가족 또는 연인들의 화기애애한 식사였다. 제대로 먹겠다는 처음의 의욕은 사라지고, 연어샐러드와 화이트와인으로 식사를 하는데 바늘방석이다. 책을 보며 아무리 당당하게 먹으려 해도 처량하고 주눅들고, 세상 가장 외로운 여자로 보일 것 같아 아니 세상에 나 혼자 내버려진 울컥함에 한 시간을 버티기가 어려웠다.

부다페스트로 가는 밤기차 시간까지는 아직 시간이 많이 남았지만 프라하 기차역으로 갔다. 프라하 노숙자들이 오가는 그곳에서 커피를 마시며 이인화의 『하비로』를 읽었다. 상하이의 음습한 거리에서 기억상실을 넘어 희망을 상실한 주인공 이준상이 '보희미안 구락부'의 살인사건을 파헤치는 쓸쓸하고 괴로움 가득한 소설이 크리스마스에 혼자여야 하는 외로움과 만나, 글자 하나하나가 남 같지 않았다. 나는 그 순간 프라하의 기차역이 아닌 상하이의 안개가 날리는 거리에 있었다. 책을 덮고 주변을 둘러보니 기차를 기다리는 한국 남자 대학생이 있어 또다른 누군가는 외롭지 않았으면 하는 마음에 『하비로』를 크리스마스 선물로 건넸다. 처음에는 난데없어하다가 고마워하던 그 학생의 얼굴은 잊었지만, 책의 첫머리에 씌어 있던 '말의 길이 끊어진 심연에 한 남자가 서 있다'는 문장은 내내 남았다.

겁나고 지하세계 같았던 밤기차를 타고 부다페스트 역에서 진영을 만나 빈과 체스키크룸로프를 거쳐 다시 프라하로 돌아왔다. 12월 31일 저녁에 맥줏집을 찾아 골드 컬러의 필스너 우르켈와 블랙의 코젤다크를 맘껏 마시고, 블타바 강변의 뉴이어스 이브 불꽃놀이를 보기 위해 카를교 앞을 찾았다. 엄청난 인파다. 시간은 점점 밤 열두시를 향하고 하늘로 불꽃이 쏘아올려진다. 프라하 성의 야경과 어우러져 공간과 시간이 만들 수 있는 최상급이 눈앞에 펼쳐진다. 어느덧 10, 9, 8, 7, 6, 5, 4, 3, 2, 1, Happy New Year!

그 많은 동시다발적인 키스를 볼 일은 다시 없을 것 같다. 그 많은 동시다발적인 병나발도 다시 볼 수 없을 것 같다. 주변이 온통 키스이다. 주변이 온통 마신다. 100퍼센트 사이즈의 내가 80퍼센트 사이즈의 진영을 안으니 러시아 인형, 마트료시카 같다. 한 해를 보내고 새로운 한 해를 맞는 것은 결별이 아니라 마트료시카와 같은 껴안음이라는 생각이 들었다. 행복해졌다.

끝

그러나 축제가 끝나고 카를 교를 등지고 돌아오는 길, 두고 온 곳이 생각났다. 끝나버린 사람과 시작되지 않은 사람이 생각났다. 그렇게 인연의 길이 끊어진 심연에 한 여자가 서 있었다.

한 해의 끝, 프라하의 그날이 생각나면 필스너우르켈과 코젤다크를 마신다. 그 여자는 지금, 어느 인연의 길에 서 있는지 궁금하다.

—

구름모자

사람, 책, 음악 등 무언가를 만나서 지금까지와는 전혀 다른
세상으로 가게 되는 일이 있다.

내게는 기네스가 그랬다. 상쾌함으로 맥주를 마셨는데 언제
인지 기억이 나지 않지만 속내를 알 수 없는 암흑 같은 블랙
이 이루 말할 수 없는 부드러운 크림을 앞세우고 온 그날, 세
상에 이런 것도 있구나, 나를 평생 행복하게 하는 몇 가지 중
의 하나가 되겠구나. 나는 맥주의 전혀 다른 세상을 보았고,
그래서 기네스는 그날부터 맥주가 아니라 고유명사, 기네스
였다.

그러나 지금과는 달리 기네스를 판매하는 술집도 많지 않았
고, 두세 잔의 파인트를 마시는 것도 부담이었다. 그렇기에 늘

꿈꾸어왔던 것은 바로 아일랜드에 가서 원 없이, 내가 마실 수 있는 극한까지 마시는 것! 그리고 정말 기네스를 마시러, 2005년 아일랜드로 떠났다.

런던에서 라이언에어를 타고, 더블린 공항에 도착. 호텔에 짐을 풀자마자 향한 곳은 기네스 스토어하우스였다. 기네스가 어떻게 살아왔고, 어떻게 만들어지는지 투어를 하고, 투어의 마지막, 건물의 맨 꼭대기 유리벽으로 된 그래비티 바로 향한다. 그곳에서 '경험해볼 수 있는 가장 훌륭한 맥주 한 파인트'를 만난다. 갓 만든 양 살아 있음이 고스란히 전해지는 검은 액체가 파인트 잔 속으로 내려오고, 바리스타의 라테아트처럼 간혹 거품으로 아일랜드의 국화, 클로버를 만들어주기도 한다. 탁 트인 유리벽을 통해 더블린 시내를 바라보며 마신 그것은 정말 평생의 한 파인트였다. 검은 액체는 그 무엇보다 감칠맛 나는 묵직함이었고, 거품의 크리미함은 그 무엇보다 부드러운 천진난만함이었다. 나는 지금까지 하나의 액체 속에 남성성과 여성성이, 어른과 아이가, 선과 악이, 바다와 구름이 가장 행복하게 존재하는 것은 기네스 하나뿐이라 믿는다. 아일랜드에는 기네스 외에도 비미시, 머피스 등 다른 흑맥주가 있지만, 기네스만이 오직 그러하다.

원 없이 기네스를 마시러 갔기에 그날 저녁, 더블린 템플 바에서 다섯 잔의 파인트를 더 마셨다. 정신을 놓았는지 어떠했는지는 기억에 없다. 다만 엿새간의 아일랜드 여행에서 매일 점심에 한두 파인트, 저녁에 두세 파인트…… 마시고 싶은 만큼 마셨다.

아일랜드에서 더블린의 심장과 영화 〈브레이브 하트〉의 촬영지이자 기네스를 만드는 물의 원천이며 아일랜드의 정원이라 불리우는 위클로 계곡, 하늘-들판-호수가 어디까지 드높고 드넓을 수 있는지 알려주는 킬라니, 가도 가도 끝없는 바다와 정원의 집들이 대화를 하는 링오브케리를 여행하며 나는 왜 기네스가 아일랜드에서 만들어졌는지 알게 되었다.

골프 치기 가장 어렵다는 거친 바람, 남성성 가득한 풍광, 무뚝뚝한 거리 표정, 『율리시스』『고도를 기다리며』가 연상시키듯 난해한 공기, 트리니티 칼리지의 도서관에 담긴 경건함과 깊이. 아일랜드의 이미지는 바닥이 보이지 않는 완벽한 블랙이다. 그 블랙의 남자, 그 진지한 남자, 그 엄격한 남자를 스치며 하나님이 가련한 그 남자를 위해 씌워주신 구름모자. 그것이 기네스이다. 그 구름모자로 얼굴을 가리고, 때로는 지쳤다고, 외롭다고 말하고 울어 가라고, 쉬어 가라고…….

그래서 삶이 아일랜드가 될 때, 구름모자를 쓰러 간다.

—

미처 하지 못했던 말,
너여서 감사해!

와인에 있어 클론(clone)이라는 것이 있다. 같은 품종이라도 포도가 재배되는 지역과 와이너리에 따라 다양한 와인이 만들어지는데 그 중심에는 클론이 있다. 포도의 경우, 포도씨를 땅에 심지 않고, 대부분 포도가지를 꺾어 땅에 심는 방식을 택한다. 원래의 포도나무와 완벽하게 같은 유전적 특성을 갖는다 하더라도 그 포도나무가 자라는 환경에 따라 자연돌연변이에 의해 다양한 클론이 되고, 클론에 따라 포도열매의 크기, 색깔, 타닌 함량 등이 달라진다. 그렇기에 부르고뉴 지역의 경우, 동일한 피노누아 품종이지만 150여 개의 클론이 있고, 클론마다 다른 얼굴을 갖는 와인이 만들어진다.

동일한 성과 이름으로 살게 되는 클론이 있다. 그들은 이름이 같더라도 태생, 성장환경, 성장과정에 따라 다른 모습, 다른 삶, 다른 시각을 가지기 마련인데 심리학적으로 서로 끌린다고 한다. 쉽게 말해 이름이 같으면 왠지 남 같지 않은 것이다. 나는 고등학교 시화전, 내 시 앞에서 남학생들이 하는 이야기를 들었다. 우리 학교 애랑 이름, 학년이 똑같네. 나는 그때부터 나랑 똑같은 이름의 동갑내기가 멀지 않은 곳에 존재함을 알았다. 그렇다고 모범생인 내가 할 수 있는 일은 없었다. 내내 잊고 살다 아이러브스쿨이 붐이었던 2000년 밀레니엄, 용기를 내어 나의 클론에게 연락을 했고, 몇 달에 걸쳐 메일을 주고받았다.

문과인 나와 이과인 그애, 따뜻한 나와 시니컬한 그애, 그애의 존재를 믿는 나와 메일을 주고받으면서도 나의 존재에 의심을 갖던 그애, 미혼인 나와 대학 친구의 여동생과 결혼해 딸을 두고 있던 그애. 많은 것이 달랐지만 메일을 주고받으며 우리는 클론처럼 같은 생각과 감성을 공유하고 있음을 알았다. 그러했기에 나는 100번째 메일을 주고받는다면 그애를 만나고 싶었다. 그애가 흉악범의 얼굴이든 찌질이의 얼굴이든 이란성쌍둥이를 만나는 마음으로 그애를 만날 수 있을 것 같았다.

그러나 나와 메일을 주고받던 것이 못내 마음에 걸렸던 그애는 컴맹이었던 와이프에게 컴퓨터를 가르치고, 와이프와 메일을 주고받겠다고 마지막 메일을 보내왔다. 강직하고, 가정을 소중히 하는 그애의 마음이 고스란히 전해져 나의 서운함 따위는 설 자리가 없었다. 그렇게 나의 클론을 보냈다.

알렉산더 밸리에서 생산되는 '클론 5'가 어떤 의미를 갖는지는 모르겠다. 어찌되었던 자신의 아이덴티티를 만들어가겠다는 강직함이 이름에서 느껴지고 와인 또한 블랙베리, 감초 향에 강건하고, 좋은 밸런스가 있다. 나의 남자 버전이었던 그애 같은 와인이다.

고등학교 때는 그애를 찾지 못했고, 삼십대 초반에는 그애를 찾았으나 만나지 못했다. 오십대 초반에는 그애를 만나고 싶다. 강직함이라는 유전자를 소중히 하는 나와 그애가 만나 같은 이름을 불러주는 것은 생에 드물고 특별한 선물이 될 것이다.

그때 '클론 5'를 들고 갈 것이고, 그애의 이름을 부르며 말해주고 싶다. 너여서 감사해!

TEXT

—

하루의 끝에 위로가 되다

육체노동을 해본 사람은 안다. 숨가쁘게 움직이고 난 뒤, 처
질 대로 처지고 멍해질 대로 멍해진 몸에는 풍선처럼 다시 몸
을 부풀릴 바람이 필요하다. 남자라면 그 바람이 소주일 수
있지만, 소주가 알코올 그 자체 같았던 이전의 내게 그 바람
은 거품이 있는 맥주였다.

잠깐이지만 육체노동을 하던 시절, 일이 끝나면 가장 가까운
곳에서 맥주를 마시고, 그 힘으로 하루를 마치고, 집으로 돌
아갔다. 담배 연기 가득한 어둑한 실내, 때로는 종이봉투에
넣어 구운 생선, 때로는 파삭한 감자튀김과 함께 마시던 그
시절의 맥주는 위로 그 자체였다. 힘들었던 몸에 거품 목욕
같은 맥주……. 그 시절에만 가능했던 맛, 아니 맛이 아니라

절실함이었다. 그러했기에 다시는 그 맛을 맛볼 수 없다.

육체노동을 하지 않는 지금, 하루의 끝에 와인을 마신다. 여름에는 소비뇽블랑, 혼자라도 행복할 때는 피노누아, 스트레스 가득할 때는 시라나 카베르네소비뇽, 좋은 치즈가 생긴 날에는 샤르도네를 마신다. 멋지게 마시는 것이 아니라 생활처럼 마신다.

하루의 끝, 한번에 와인 한 병을 비우는 것은 불가능하다. 보통 세 번에 나누어 마시는데 좋아지든 나빠지든 마실 때마다 맛의 변화가 좋다. 보관의 문제도 있겠지만 같은 와인이 공기와 만나 다른 표정을 짓는다. 사람도 마찬가지이다. 같은 사람이지만 이십대, 삼십대, 사십대 각각 다른 표정을 짓는다.

그러다 불어로 하루의 끝, 일과종료란 이름을 지닌 '팽 드 주네(Fin de Journee)'라는 와인을 만났다. 루이 자도, 펜폴즈, 오퍼스 원에서 경험을 쌓은 조나단 페이가 나파 밸리에 정착하고 만든 '텍스트북 미장 플라스(Textbook, Mise en Place)'의 세컨와인이다. 미장 플라스가 영업장 준비란 뜻으로 긴장감 가득하고, 철저하고, 실수가 용납되지 않는 세계라면 팽 드 주네에는 일과를 마치고, 단추를 두세 개쯤 푼 느슨함의 세계가 있다.

미장 플라스는 아직 마셔보지 않아 어떤 맛인지 모르겠지만 팽 드 주네를 마시면서 이십대 육체노동을 마치고 마셨던 맥주가 생각났다. 타닌도 강하지 않고, 피니시도 길지 않다. 검붉은 과일맛도, 바닐라도, 후추의 스파이시함, 민트도 다 있지만 비싼 와인이 갖는 좋은 밸런스와 풍부함은 아니다. 그런데 완벽하지 않아서, 격식을 갖추지 않아서, 위로가 된다. 하루의 끝에는 긴장하지 말라고, 너의 사정을 다 안다고, 그냥 있으라고, 나는 있는 듯 없는 듯 있겠다고, 나의 존재를 괘념치 말라고, 그 존재 없음이 하루의 끝, 거품이 되어 휴식이 된다.

2012년 만난 팡 드 주네가 1994년 도쿄 코엔지에서 난생처음 육체노동을 하면서 세상을 배우고, 맥주맛을 배웠던 그 시절을 불러낸다. 고맙다. 따뜻한 하루의 끝이다.

백석의 '소주와 흰 당나귀',
나의 '부르고뉴 알리고떼와 당나귀'

가장 귀하게 여기고, 사랑하는 시인이 있다. 그의 시 마냥 가난하고, 외롭고, 높고, 쓸쓸하나 언제나 넘치는 사랑과 슬픔 속에 살다 여든을 넘어 타계하였지만 늘 사진 속 청년의 이미지로 남는 '북의 시인' 백석(白石)이다.

마가리는 오막살이이다. 세상 가장 아름다운 오막살이를 무대로 그의 시는 영화처럼 스토리가 그려지는 가장 순수한 서정적 서사시이며 가장 사상적이고, 생활적이고, 솔직하다.
그래서 가난하고 쓸쓸한 날에는 그의 시를 읽고, 해주 출신인 그가 구수한 즐거움으로 표현한 부드럽고 수수하고 슴슴한 국수를 먹는다.

소주를 마시며, 세상에 지는 것이 아니라 세상이 더러워 버리는 것으로, 사랑하는 나타샤를 데리고 당나귀를 타고 오막살이 산골로 떠나는 꿈을 꾸는 시인을 위해 내가 준비하는 것은 르루아의 '부르고뉴 알리고떼'이다.

세계 최고의 화이트와인은 부르고뉴 지역의 내로라하는 샤르도네로 만드는 필리니몽라셰, 샤사뉴몽라셰, 뫼르소이다. 골격이 있으면서도 섬세한 기품이 있다. 화이트와인에 레드와인이 잠재하는 것이다. 샤르도네가 풍부하고 우수한 퀄리티를 만드는 화이트와인 품종이라면 알리고떼는 바로 마실 수 있는 '지금'이 가장 좋은, 상쾌한 화이트와인 품종이다. 고급이라기보다는 서민의 품종이다. 그러나 철저한 유기농법의 신봉자로 화학비료와 트랙터를 배제하고 사람의 손으로만 와인을 만드는 르루아 아줌마가 만드는 알리고떼는 다르다. 빌라쥬 급 와인이지만 2006년 빈티지 생산량은 겨우 7,360병. 일반적인 알리고떼처럼 투명한 레몬 빛깔의 청량함과 풀 향, 산미가 있으면서 일반적인 알리고떼보다 오크터치와 오일리한 묵직함이 있다.

변방의 가장 험난한 시절 속에서 시인은 르루아의 '부르고뉴 알리고떼'가 그러하듯 토양을 뛰어넘어 릴케보다 예민한, 푸시킨보다 강직한 시를 썼다. 그가 시로 만들어내는 우리의 땅과 자연의 풍경. 정겹고 아프다. 그가 시로 만들어내는 사랑과 슬픔의 영화. 진실되고 아프다.

시인과 만날 수 있다면 세월의 흙내음과 생활의 악취로 뒤범벅된 모로코 페즈의 시장 속에서 사내들의 매서운 눈매를 한순간에 잊게 했던 우매하고 순수한 눈빛의 당나귀를 타고, 시인의 마가리로 가, 르루아 2006년 5819번의 '부르고뉴 알리고떼'를 마실 것이다. 마리아가 바치는 향유이다.

그리고 그의 시처럼 고백할 것이다.

내가 이렇게 외면하고 거리를 걸어가는 것은 잠풍 날씨가
너무나 좋은 탓이고
가난한 동무가 새 구두를 신고 지나간 탓이고 언제나 꼭같
은 넥타이를 매고 고운 사람을 사랑하는 탓이다

_ 백석,「내가 이렇게 외면하고」부분

나의 가난함과 나의 쓸쓸함을 목놓아 고백할 것이다.

8월의 크리스마스

너무 좋아 다시 몇 번을 더 보게 되는 영화가 있다. 이에 반해 너무 좋아 처음 본 그 느낌이 다른 느낌으로 덧칠해질까봐 다시 보기를 꺼리는 영화가 있다. 내게는 〈8월의 크리스마스〉가 그렇다.

영화를 보는 내내 나도, 정원도, 다림도, 정원의 아버지도 물끄러미 바라본다. 죽음을 앞에 둔 정원은 혼자 이불을 뒤집어쓰고 울기도 하고, 천둥 번개에 잠 못 들기도 하고, 리모컨 조작이 서툰 아버지한테 화를 내기도 하지만, 얼마 남지 않은 일상이 안타까워 파를 씻다 물끄러미 바라본다. 안타까운 사랑을 앞에 두고 마음을 전할 편지조차 전하지 못하고 그저 물끄러미 바라본다. 아들 없이 살아갈 늙은 아버지가 걱정되어 리모컨 조작법을 적다가도, 현상기 조작법을 적다가도 물끄러미 바라본다.

지친 삶을 다독여주는 정원을 말갛게 바라보다 그 마음의 실체를 깨달았으나, 그 순간 멈춰버린, 자취를 감춰버린 사랑 앞에 속수무책인 다림은 사진관을 바라보다 바라보다 돌멩이를 던진다.

자식을 먼저 보내는 일은 가슴에 태산을 얹는 일이건만 매운탕을 끓이듯 정성만을 담아 정원의 아버지는 아들의 삶을 회한으로 바라본다.

영화의 수많은 바라봄 속에 담기는 감정의 빛깔과 무늬 때문에 〈8월의 크리스마스〉를 바라보는 내내 아프다. 사는 동안 내 바라봄에도 담겼을 그 빛깔들 때문에 마냥 바라본다.

〈8월의 크리스마스〉처럼 처음 본 그 느낌으로만 기억하고 싶어 다시 가지 않으려 하는 단 한 번의 여행지는 앙코르와트 사원의 일출이다. 새벽 네시, 어둠 속에 쏟아지는 별 아래를 걸어가니 세계의 수많은 사람들이 하나둘 몰려든다. 그리고는 각자가 바라보고픈 위치에 자리를 잡는다. 나도 나의 자리를 잡는다. 우선은 별을 바라보고, 그다음에는 사원과 호수의 실루엣을 바라보고, 그리고 해 뜨는 하늘을 바라보고, 마지막으로 모습을 제대로 드러낸 앙코르와트 사원을 바라본다. 한 시간 삼십 분여를 물끄러미 바라보기만 했다. 주변의 웅성거리는 소리도, 플래시가 터지는 소리도 방해가 되지는 않는다. 어쩌면 나는 그곳에서 앙코르와트가 아닌 나의 별과 나의 사원을 만난 것 같다. 북두칠성이 사라지고 난 후에도 끝까지 남아 있는 캄보디아인들이 말하는 툭툭별처럼 그곳에서 사라지지 않을 나의 별을 보았다.

⟨8월의 크리스마스⟩처럼 다시 마시기 꺼리는 와인은 미국의 천재 양조가, 워런 위니아스키 와이너리인 스택스 립 와인 셀라의 '아르테미스'이다. 아르테미스는 사냥의 여신이자, 숲의 여신이다. 아름답고 섬세하나 사냥의 여신답게 당당하다. 오빠 아폴론의 질투로 사랑했던 오리온을 자신의 활로 쏘는 비극의 주인공이다. 아르테미스는 일이 많았던 만큼 탈도 많았던 그해의 일상을 내팽개치고 여자 둘이 여자판 ⟨사이드웨이⟩를 찍으러 간 여행길, 나파 밸리 야외에서 마셨다. 여신 아르테미스처럼 부드럽기도 하고, 거칠기도 했다. 일상을 까맣게 잊고, 가을바람이 불고, 햇살은 쏟아지고, 내내 미소 지었던 그런 점심이었다. 걱정 근심 불안 미움 안타까움 슬픔 따위는 태초부터 존재하지 않았던 그 점심에 함께한 여신이었다. 다시 없을 풍경이고, 시간이었다.

덧붙임.

끝끝내 다시 보지 않으리라 했던 〈8월의 크리스마스〉를 보았
다. 가끔 라디오에서 한석규의 노래를 들을 때마다 희미해져
가는 영화에 대한 기억에 보고픈 마음이 들었지만, 꿋꿋이
처음 바라본 그 느낌을 잃고 싶지 않아 참아왔는데…… . 마
음이 갈 곳이 없었다. 영화를 처음 본 1998년에도 다시 보는
지금도 그렁그렁 바라본다. 그간 영화 속의 많은 장면들을 잊
었고, 많은 것들을 놓쳤다. 그러나 똑같다. 다시 물끄러미 바
라보는 밤이다. 그래서 언젠가 앙코르와트도, 아르테미스도
다시 찾을 것이다. 내 속에 변하지 않는 나를 믿을 것이다.

곁

—

We are not alone or We are all alone

세상을 살아가며, 사람과 부딪히며 위로가 되는 두 가지의
문장이 있다. 〈We are not alone〉과 〈We are all alone〉.
나는 전자보다 후자에 좀더 많은 위로를 받으며 살아온 것
같다. 성격이 어두워서라기보다는 그냥 좀 강하게, 좀 독립적
으로 살고 싶어서였으리라. 아니면 함께여서 외로운 것보다는
혼자여서 외로운 것이 좀 덜 상처받는다는 것을 일찍 깨달았
기 때문이다.
2003년, 여행사 투어를 통해 마드리드, 바르셀로나 그리고
스페인 남부를 돌았다. 알함브라 궁전이 있는 그라나다의 숨
막히는 아름다움, 톨레도의 그 고고함, 코르도바의 활기참,
코스타 델 솔의 뜨거움, 플라멩코의 숨소리, 가우디의 천재

성⋯⋯. 참으로 편하게 그곳들을 만났다.

그러나 결정적으로 무언가가 부족했다. 그것은 여행사 투어가 해줄 수 없는 현지인과의 부딪힘이다. 의사소통의 어려움은 있지만 눈으로 몸으로 부딪히며 느끼게 되는 그곳 사람들의 눈빛과 마음빛이다. 풍경은 남지만 사람이 남지 않는다. 반쪽 여행을 하고 온 것이다.

팔 년 만에 다시 스페인을 찾았다. 마드리드, 세고비아와 그리고 빌바오, 산티야나 델 마르, 로그로뇨 등 스페인 북부를 돌았다. 내가 길을 만든 스페인 여행에서 느낀 것은 한마디로 We are not alone이다. 태양, 올리브나무, 포도나무, 순례자의 길을 안내하는 조가비 문양, 현지인들만 간다는 마드리드 근교의 파토네스로 가는 버스에서 영어가 전혀 되지 않았지만 훌륭한 가이드가 되어준 아주머니, 하얀 티에 분홍바지라는 패션을 대머리와 엄청 나온 배로 멋지게 소화하는 로그로뇨 아저씨, 버스 시간 때문에 빨리 음식을 달라는 부탁에 빨리빨리를 노래처럼 흥얼거리며 세상에서 제일 맛있는 자이언트올리브를 맛보게 해준 파토네스 레스토랑의 언니도 모든 이렇게 말하고 있었다. We are not alone!

혼자가 아니라는 노래보다 더 따뜻했고, 그 따뜻함이 We are all alone에 더 많이 기대고 산 내게 긍정의 바람을 불어넣었다. 겨울 추위 정도는 물론, 앞으로 내게 있을 두세 번의 시련을 씩 하고 웃으며 지날 수 있는 태양의 마음을 주었다.

즐기는 술 중 We are not alone을 대표하는 술은 뱀파이어 주이다. 뱀파이어 주는 만들어지는 과정 자체가 혼자로는 되지 않는다. 뱀파이어 주는 여러 재료가 섞이는 술이고, 함께 마시는 술이다.

만드는 법은 이렇다. 온더락 잔에 먼저 임페리얼을 스트레이트 잔으로 반쯤 붓는다. 다음은 홍초 스트레이트 잔 하나를 붓는다. 그리고 얼음을 네 개 정도 넣고, 화룡점정으로 페리에를 15~20cm 높이에서 얼음벽을 겨냥, 얼음 사이로 흘러들어 가게 한다. 온더락 잔의 절반 정도가 액체로 채워지면 된다. 잘 만든 뱀파이어 주는 페리에가 섞이지 않고, 상단에 투명하게 그대로 존재한다. 이쁘고 곱다. 더할 나위 없는 미모의 술이다. 그리고 그 자리의 모두가 그대로 원샷이다. 마시고 난 후 얼음은 바로 버린다. 폭탄주도 아니고, 칵테일도 아니다. 달콤하고, 상쾌하다. 다섯 잔쯤 마셔도 취하지 않는다. 게다가 다음날 개운하고, 탈도 없다.

지금까지 친하지 않은 사람과 뱀파이어 주를 마신 적은 없다. 어쩌면 친하지 않은 사람과 마셔도 그 순간만큼은 We are not alone일 것이다. 뱀파이어 주는 언젠가는 하늘로 날아가겠지만 마냥 붙잡고 있고픈 풍선 같은 술이다. 여름밤 모두가 함께 바라보며, 모두가 행복해지는 불꽃놀이 같은 술이다.

비밀을 말하다

와인 행사에서 한 패밀리의 와인을 샀다. 시칠리아의 대형 와이너리인 '플라네타(PLANETA)'의 시라와 플룸바고와 알라스트로. 플룸바고는 커피와 초콜릿을 함께 넣은 듯한 레드와인이고, 알라스트로는 봄에서 여름으로 넘어가는 바람 부는 저녁에 딱 맞는 청량한 화이트와인이다. 시칠리아 와인의 별답게 누가 마셔도 맛있는 와인이다. 시라는 아직 마시지 않았다. 플라네타를 대표하는 와인인 샤르도네를 사서 함께 마실 생각이다. 가을에서 겨울로 넘어갈 때 함께 마시면 제격일 거라는 감이다.

플라네타를 마시며 생각한다. 시칠리아를 여행할 때 플라네타를 알았다면 얼마나 좋았을까. 야생화 플룸바고, 야생초

알라스트로처럼 더 씩씩하고 내내 맑았을 텐데, 아쉽고 또 아쉬웠다.

2004년 시칠리아에 갔다. 광고 인텔 센트리노의 '타오르미나 원형극장', 영화 〈그랑블루〉의 무대가 되었던 '타오르미나의 산 도메니코 팔레스', 영화 〈대부〉의 먹먹하다는 말로는 모자란 바람이 불던 '팔레르모'가 있는 시칠리아는 늘 꿈꾸던 여행지 중의 하나였다.

그러나 시칠리아 여행중 타오르미나를 제외하고는, 관광지의 달콤한 아름다움을 느낄 수 없었다. 시칠리아 기차역마냥 황량한 풍경과 지루한 일상이 있고, 해질녘 분홍, 오렌지, 파랑이 구름과 함께 어우러지는 하늘이 그곳의 고적함을 달랠 뿐이다. 그래서 나라도 있어주고 싶은 곳이다.

로마에서 파업으로 연착되는 기차를 타고, 자다 깨다를 반복하며 꼬박 하루를 지나 도착했던 시칠리아에서 어떤 생각을 했는지는 모르겠다. 다만 타오르미나의 원형극장에 앉아 마냥 바라보고 있었던 이오니아 해의 하늘과, 검게 그을려 을씨년스러운 팔레르모의 저녁 거리를 헤매다 잠자던 개를 밟는 바람에 거리에 크게 울리던 개의 울음소리와, 간 크게도 바람기 가득한 시칠리아 아저씨의 차를 얻어 탄 것과, 메시나 해협을 건너는 배에서 먹었던 고로케 같았던 그 음식을 기억한다. 그러나 그 사소한 기억 때문에, 누군가 시칠리아에 또

가겠냐고 묻는다면 다시 가고 싶다. 다시 간다면 물론 플라네타와 내내 함께일 것이다.

서른을 넘게 되면 자신의 삶이 지겨워지게 된다. 취미생활, 또는 일상의 일탈로 자신을 위로하는 것이 약발이 안 먹히게 되는 순간이 종종 온다. "벗어나고 싶어, 벗어나고 싶어. 무거워, 무거워"를 온종일 되뇌게 되는 날이 생긴다.

그럴 때는 스스로를 가볍게 할 술로 임시처방을 하고, 만반의 준비를 해 좀 길게 떠나자. 길게 떠난 자는 많은 것을 잊고 가벼워져 올 것이다. 일상에 매몰되지 않고 살아가게 하는 비밀 몇 가지를 챙겨 올 것이다. 일상이 지겨울 때, 몰래 펴볼 수 있는 마음의 기억을 많이 챙겨 올 것이다.

술과 여행은 지평선을 닮아가는 일상에 지지 않는 힘이 되었고, 지치지 않고 오래 회사를 다닐 수 있었던 비밀이자 비법이다.

그곳을 깨닫다

나는 사람마다 보폭이 있고, 넘을 수 없는 경계점이 있고, 행복해지는 지점이 있다고 믿는 사람이다. 그래서 자신이 갈 수 있는 곳보다 더 먼 지점을 볼 때, 삶은 고단해지고 불행해진다고 생각한다. 더 빨리 걸으려 할 때, 호흡은 가빠지고 아파 온다고 생각한다.

그런 나의 피니시 라인을 깨닫게 해준 영화가 있다. 〈카모메 식당〉을 보며 나는 내내 가슴이 쿵쾅거렸다. 그곳은 핀란드 헬싱키가 아니라 내 마음속에 숨겨져 있는 피니시 라인이었다. 〈카모메 식당〉에는 세 여자가 나온다. '사치에'는 위로이다. 카모메 식당을 찾는 사람들에게 던지는 그녀의 인사는 위로다. 일찍 돌아가신 말라깽이 어머니 대신 살림을 해야 했던 주인공 사치에게 소풍날과 운동회날 아버지가 만들어주었던, 엉성했으나 그 미안함만큼 컸던 오니기리는 그 무엇보다 맛있는 위로였다. 누군가가 만들어주는 음식은 맛있다. 따뜻하다. 만드는 과정을 모르기에 신비롭다. 사치에는 외로움을 합기도의 무릎걷기를 통해 견뎌내고, 모두가 정겹게 먹을 수 있는 음식을 통해 사랑하고자 한다. 그래서 그녀의 음식은 스시가 아니라 다섯손가락 모두로 빚는 오니기리이고, 굽는 내내 지켜보아야 하는 연어구이와 같은 가정식이다.

'미도리'는 즐거움이다. 그녀가 만든 종이개구리처럼 어디로 튈지 모르지만 흥겹다. 소심하지만 무작정 찍은 미지의 나라 핀란드로 떠나올 만큼 용기 있고, 굼떠 보이지만 오니기리에 순록고기, 가재, 청어를 매칭시키는 재기발랄함이 있고, 삶의 마지막을 두려워하고 외로워하지만 〈독수리 오형제〉의 가사를 외우는 미도리는 우리가 지나온 동심이자, 우리가 잃지 말아야 할 순수이다.

'마사코'는 치유이다. 희생의 시간을 보내온 그녀의 손길은 언어를 뛰어넘어 마음을 고친다. 오랜 기간 병든 부모를 간병하며 청춘을 흘려보낸 그녀는 떠나온 핀란드에서 짐가방마저 분실한다. 짐가방에 얽매이던 그녀가 가방으로부터 벗어나면서 그녀는 그녀가 새로 사 입은 옷마냥 밝아지고, 핀란드의 숲에서 만난 살구버섯처럼 빛나고, 사람을 치유하고, 스스로를 치유한다.

헬싱키 부두를 날아다니는 그 살찐 갈매기(카모메)가 좋아 이름 붙인 카모메 식당에서 이 세 여자는 낯선 핀란드 사람의 마음을 보듬고, 살찌운다. 영화에 나오는 시나몬롤과 커피처럼 그녀들의 외로우나 따뜻한 사랑은 부풀어오르고, 향기로워 사람을 부른다. 너무 아름답다.

그곳에서 연어구이 정식을 먹는다면 한 일 년쯤은 외롭지 않을 것 같다. 나도 모르는 누군가를 위한 한끼 식사 정도는 준비할 용기를 낼 수 있을 것 같다.

감독 오기가미 나오코가 영화로 만든 식당을 나는 줄곧 꿈꾸고 있었다. 나의 보폭보다 현란하고, 내가 갈 수 있는 경계보다 더 멀리 나아가라는 이 자리에서, 늘 헉헉거리고 고단하다. 국수를 말아내고 싶다. 내가 만나는 사람에게 수고가 덜 들어간 것처럼 보이지만, 국물과 고명이라는 많은 손이 가는 국수를 통해 기쁘고 싶고, 감사하고 싶다.

국숫집에서 깜짝 서비스로 내놓고 싶은 패밀리와인이 있다. 칠레의 국민 와이너리인 몬테스(MONTES)의 일러스트 천사 시리즈. 아기 천사가 레이블에 나오는 여름날 찐감자와 열무김치와 먹어도 맛있는 로제와인. 몬테스 슈럽과 최근에 출시된 두 명의 아기 천사가 그려진 말벡 50%와 카베르네소비뇽 50%의 몬테스 트윈스. 칠레에서 검증되지 않은 시라품종을

곁

가파른 비탈길에서 재배하는 어리석은 용기가 빛나는 술 취한 천사가 나오는 몬테스 폴리이다. 나의 국숫집에서는 모두가 안온해져 아기가 되고, 천사가 되었으면 좋겠다.

어느 식당에서 셰프가 음식을 만들며 와인을 마시는 것을 본 적이 있다. 그 음식은 더 맛있을 거라고 턱없는 생각을 했다. 왜냐하면 그 순간 그 셰프는 행복했을 것이고, 그 마음이 음식에 담겼을 것이다. 국숫집에서 몸은 고단해도 모두가 행복했으면 좋겠다는 나의 마음이 손님에게 전해졌으면 좋겠다.

그런 바람의 국숫집이 늦어지는 것은 내가 아직은 행복을 말하기에, 행복을 전달하기에, 턱없이 부족하기 때문일 게다. 그러나 언젠가 반드시 국숫집의 문은 열린다.

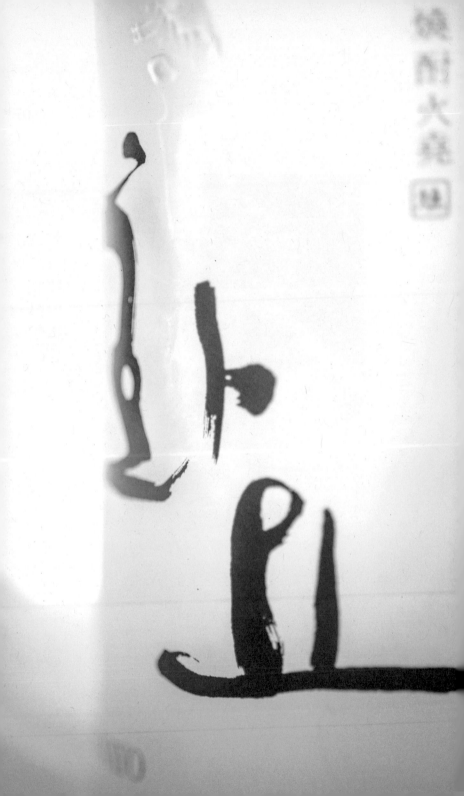

조끼와 화요

겨울이 지나고, 옷장 정리를 한다. 가장 소중하게 보관하는
옷이 있다. 엄마가 직접 짜주신 니트베스트. 니트베스트라는
말은 정감이 없기에 그냥 조끼라고 한다. 이 조끼가 소중한
것은 엄마가 짜주셔서만은 아니다. 사실 엄마가 짜주신 것은
스웨터, 조끼, 장갑 등등 많다. 심지어 주변에 엄마표 장갑에
단추, 리본 등 나의 디테일 아이디어를 넣어 선물도 종종했
다. 그 조끼가 소중한 것은 엄마가 아버지를 위해 짠 조끼이
고, 아버지가 회사에 다니실 때 양복 속에 입던 조끼이기 때
문이다.

칠 년 전 그 조끼가 우연찮게 모습을 드러냈고, 그때부터 내
가 입는다. 날씬하고, 나름 멋쟁이셨던 아버지 뒤를 이어 내

가 겨울이면 일주일에 한 번 정도는 입는다. 주변에서 노리는 사람이 있을 정도로 아직도 짱짱하고, 스타일이 있는 조끼이다. 이 조끼에는 한 가정을 책임졌던 아버지의 짐이, 그 남자를 믿었던 엄마의 손길이 고스란히 담겨 있기에, 이 조끼를 입으며 나는 강해지고, 따뜻해진다. 나는 엄마는 되지 못했지만, 아버지를 대신할 수 있는 내가 되어 있어서 감사하다.

아버지는 조실부모를 하고, 큰아버지 부부 밑에서 자랐던 탓에 결핍이 있다. 엄마는 어떻게 사랑해야 사랑받는 사람이 행복한지 알지만, 아버지는 그 방면에 있어 많이 부족하시다. 결핍에서 오는 반대급부의 사랑인지 아버지는 나무, 꽃, 물고기 등 끊임없이 뭔가를 가꾸고, 키운다. 살아오며 엄마의 속내와 가슴에 맺힌 것, 엄마가 세상을 살아가는 나름의 마음가짐은 아는데, 아버지에 대해서는 백지다. 어쩌면 알아야 할 것은 아버지의 정치적 성향이 아니라 결핍이었을 텐데…….
한 번도 아버지와 속을 털어놓고 이야기한 적은 없다.

어쩌면 그 결핍을 들여다보기가 두려웠을 것이다. 아버지는 절대명사 아버지여야지, 연민을 갖게 되는 사람으로 바라보고 싶지 않았다.

차녀이지만, 아버지의 얼굴, 손, 발, 성격 모두를 빼어닮은 나는 어쩌면 울 아버지의 적자인지 모른다. 술 못 마시는 엄마와 언니를 대신해 반주를 같이 하는 것도 나이고, 아버지가 자랑스러워하는 것도 나이다. 아버지에게 나는 딸이 아니라 아들이다.

아버지가 더 나이를 드시고, 내게 시간이 주어진다면 승주 선암사 근처에서 봄철 한 달 정도 살고 싶다. 온갖 꽃들로 꽃 천지가 되는 선암사를 아버지는 내내 오를 것이고, 그 딸은 선암사 승선교 아래서 달을 내내 바라볼 것이다. 함께하는 술은 화요(火堯)이다. 어른이 되어보니 부모가 자식을 위해 포기하고 잃어가야 하는 것이 많다는 것을 알게 된다. 생활에, 자식에, '나'를 다 태우지 못하고 마음에 가라앉았을 남은 재들 위에 증류되어 은은하고 맑은 소주가 비처럼 내려 아버지의 그 재들을 다 씻어내리면 좋겠다. 딸이 마시면 자신만 생각하고 산 미안함도 씻을 수 있으면 좋겠다. 앞으로는 '미안해'가 아니라 '감사해'라고만 할 수 있었으면 좋겠다.

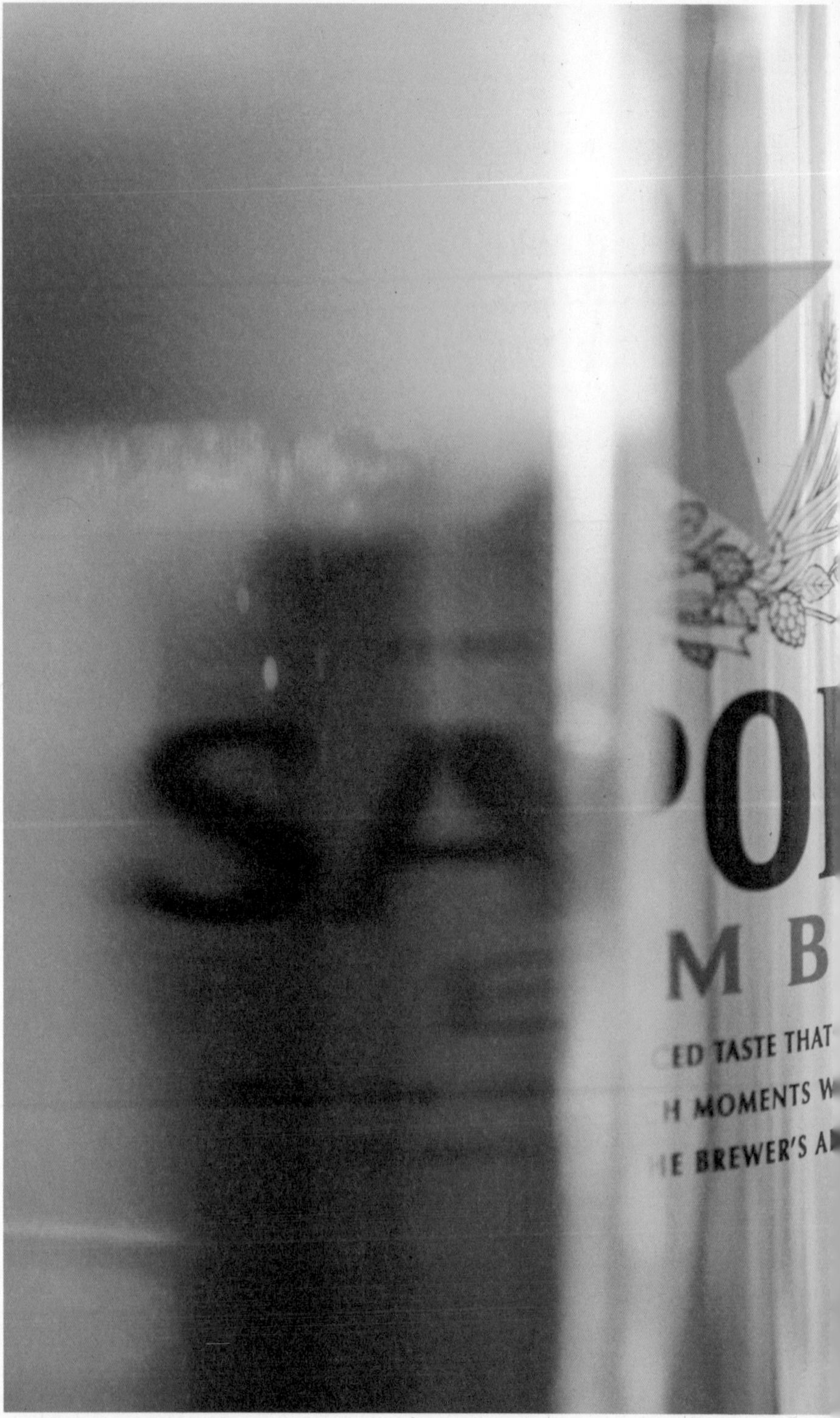
M B
ED TASTE THAT
H MOMENTS W
E BREWER'S A

—

천만번을 변해도 나는 나,
이유 같은 건 생각하지 않는다

모범사원이기를 소망했던

그녀는 언제나

가방 가득 서류를 넣은 채 집에 가곤 했다.

동료를 위해 해외여행 기회를 번번이 포기했다.

술자리가 있으면 나라시를 타고 가는

시간까지 함께 있었다.

월남뽕밭이 있으면 학교 갈 돈 빌려서라도 끼어들었고

대부분 아도를 치며, 막판에는 가진 돈 모두를 풀었다.

어쩌다 외국에라도 나가면

팬티는 물론 이상한 물건 하나라도

주위 모든 사람에게 선물하는 것을 잊지 않았다.

공식적으로 상을 받지는 못했지만

우리 모두에게 모범의 전형을 보여준 그녀를

우리는 오래오래 기억하고 싶다.

삼 년 반을 다닌 첫 광고회사를 그만둘 때 받은 기념패에 적
힌 글이다. 여자 회사원의 직장생활과는 참 거리가 멀다. 그
당시 나는 '한군'으로 불리었고, 좌충우돌, 종횡무진이지만
참 열심이었다. 그리고 그 배후에는 톰보이처럼 보이시하게
멋졌던 손정미 사수가 있었다.

사실 나는 대학교 1, 2학년 때를 제외하고는 원피스와 치마
를 즐겨 입던 전형적인 여학생이었다. 그런 내가 신입사원으
로 배치되었을 때, 사수는 "너 소녀야?"라는 지적으로 오랫
동안 길러온 긴 머리를 싹둑 자르게 하고, 여자이길 포기하
게 했다. 클라이언트나 회사 내에서 여자가 아니라 일로, 배
려해야 하는 여직원이 아니라 모든 것을 함께할 수 있는 친구
가 되어야 한다고, 남자보다 더 잘하고 남자보다 더 벽을 허
물어야 한다고 가르쳐주었다. 그런 사수가 있었기에, 온실 속
의 화초가 거친 경쟁의 현장에서 살아남아 아직도 광고밥을
먹고 있다.

사수를 도와 만들었던 광고로 자랑하고 싶은 것은 톰보이 광
고캠페인이다. 지금도 사수가 만들었던 기획서 한 장이 생생

하다. 바지 정장을 입고 한 손에 의자를 들고 멋지게 미소 짓던 여자 이미지 컷 하나로 사수는 광고캠페인을 설명했다. 광고메시지를 극적으로 표현할 수 있는 카피를 찾아, 우리 회사가 아닌 그 당시 제일기획의 잘나가던 한상규 카피라이터(맥심 '가슴이 따뜻한 사람과 만나고 싶다'라는 카피로 유명한)를 찾았다. 즉석에서 나온 카피가 '천만번을 변해도 나는 나, 이유 같은 건 생각하지 않는다'이다. 톰보이처럼 여자 속에 남자도 공존하고, 끝까지 나로 살아가겠다는 뛰어난 기획방향이 이끌어낸 멋진 카피였다. 광고 또한 스케일 크게 시드니타워 꼭대기와 코끼리 떼가 지나가는 아프리카 초원이라는 극단적인 상황에서 촬영되었고, 케니지의 〈Going Home〉이 배경음악으로 어우러져 당시 장안의 화제가 되었다. 톰보이 광고의 일원이라는 자부심으로 야근, 밤샘 따위는 우스웠다.

그런 뛰어나고 야심찬 사수였기에 늘 새로운 꿈을 꾸었고, 뉴욕으로 무대예술을 공부하러 갔다가 지금은 뉴욕 제일기획에서 일하고 있다. 가끔, 문득, 사수가 보고 싶다. 광고일로 지치거나, 광고인으로 나의 부족함을 느낄 때이다. 캣우먼 같은 얼굴에 미스코리아 몸매, 그러나 남자보다 더 탁월했던 첫 사수! 늘 사무실 서랍 둘째 칸에는 클래식 음반이, 셋째 칸은 캔맥주로 가득차 있었다. 그들이 매일 야근하던 사수의 친구였다.

사수를 마지막으로 본 지 십 년이 넘었다. 이제는 연락도 끊겼다. 그러나 같은 업계에 있기에 또 만날 수 있을 것이다. 사수를 만나면, 여의도 63빌딩에 있었던 사무실에서 벗어나 자유롭게 일했던 홍대 카페나 집에 가는 차편이 끊겨 자러 가곤 했던 사수의 동부이촌동 집 근처에서 삿포로맥주를 마시자고 하고 싶다. 그리고 사수에게 그 당시 하지 못했던 고백을 해야겠다. 그 시절의 사수는 삿포로맥주의 명징한 노란 별처럼 내 안에 새겨졌고, 광고일을 하며 방향을 잃을 때 길을 찾기 위해 바라보는 별이라고······.

LOUDY BAY

—

풍경

사람이 사람을 만났을 때, 서로가 지니고 있는 다른 풍경
에 끌리는 것이다.
그때까지 혼자서 쌓아올린 풍경에……
_ 에쿠니 가오리, 『당신의 주말은 몇 개입니까』 중에서

좋아하는 단어 중의 하나가 '풍경'이다. '풍경'에는 시각, 청
각, 촉각, 미각, 후각, 오감이 다 묻어난다. 더 나아가 이야기
가 묻어난다. 그래서 풍경을 만날 때는 다소 처량해 보여도
'우두커니'가 좋다. 나를 버리고 그 이야기 속으로 들어가야
하기 때문이다.

결

여행에서 풍경을 본다. 사진으로 또는 언어로 접한 좋은 풍경은 마음 어딘가에 남아 있다가 떠나게 한다. 그 풍경에 대한 자료를 찾고, 그 풍경으로 가는 교통편을 준비하며 설렌다. 그리고 온몸으로 그 풍경을 만나러 간다. 기대 이상일 때도 있고, 실망스러울 때도 있다. 때로는 만나러 간 풍경이 아닌 예기치 않았던 풍경에 끌려 눈길을 거두지 못하기도 한다. 미국 자이언캐니언 입구의 마을인 '스프링데일(springdale)'은 봄계곡이라는 이름처럼 봄날 같은 풍경이다. 아침에 일어나면 자이언캐니언이 엄마미소로 내려봐주고, 나지막하고 둥근 숙소와 상점, 식당들이 나무빗자루로 비질을 하며 맞아주고, 좀 떨어진 계곡의 바람이 왈츠처럼 불어와 얼굴을 쓰다듬어주고, 새소리와 나무 그늘의 숨소리가 들리는, 마냥 거닐고 싶은 '봄날'로밖에는 표현이 안 되는 그런 곳이다. 스프링데일을 떠나오며 더 머물지 못하는 아쉬움에 내내 뒤를 돌아봤다.

사람에게서도 풍경을 본다. 에쿠니 가오리의 글처럼 처음에는 사람의 얼굴을 보지만, 사람을 알아가며 그 사람이 쌓아올린 풍경을 본다. 누군가는 늦은 오후에도 해가 지지 않는 유럽의 하늘 같은 풍경을 보여주기도 하고, 누군가는 지저분한 나폴리 역전 거리의 불안함을 보여주기도 한다. 또 누군가는 각양각색의 파노라마를, 또 누군가는 수목원과 같은 한

결같음을 보여주기도 한다. 하나의 풍경으로 발목을 붙잡는 사람도 있고, 하나의 풍경으로 떠나게 하기도 한다. 그래서 궁금하다. 사람들은 내게서 어떤 풍경을 보는지, 나를 떠난 사람들은 어떤 풍경을 보고 떠났는지…….

굳이 와인만화 『신의 물방울』에 나오는 와인에 대한 현란한 표현이 아니더라도 술에서도 풍경을 본다. 소주에서는 실체가 없는 사람의 흐르지 않는 눈물을 보고, 어떤 와인에서는 샌프란시스코 유람선의 해질녘을 보기도 한다. 술의 색, 맛, 향이 이끌어낸 내가 경험했던 것들의 기억과, 술 마시는 그 순간의 마음이 만나 만들어내는 이야기라는 것을 안다.

뉴질랜드를 대표하는 와인으로 클라우디베이 소비뇽블랑이 있다. 영화 〈건축학개론〉을 보고, 이 영화가 와인이 된다면 클라우디베이 소비뇽블랑이 될 거라 확신했다. 클라우디베이는 와인 이름에 걸맞게 구름 속에 겹겹의 산이 펼쳐지는 수묵화 같은 레이블을 가지고 있다. 영화 속 사랑했으나 가난한 마음으로 서연을 놓쳤던 마음속에 회색 웅덩이가 파여진 건축학도 승민이 어른이 된 모습 같다. 그 마음속에는 서연이 있다. 라임으로 만든 화이트와인 같은 서연! 라임 향 속에서 내내 생기 넘치고, 풋풋하고, 순수하다. 어른 승민이 지우지 못하는 기억 속의 서연이다.

많은 날이 지나고 나의 마음 지쳐갈 때

내 마음속으로 쓰러져가는 너의 기억이 다시 찾아와……

클라우디베이를 마시며 〈기억의 습작〉을 흥얼거리면, 기억의
한 단면으로 들어가 눈물도 살짝 타서 마실 수 있어, 좋다.

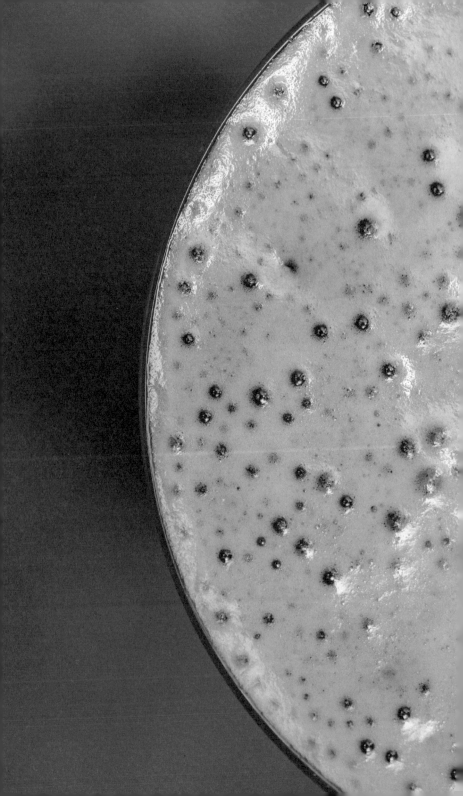

—

이걸로 됐다, 이걸로 됐냐

진행하던 프로젝트, 열중하던 사랑, 사람과의 만남이 그 끄트머리에 서게 되면 이걸로 됐다는 마음이 될 때도 있고, 이걸로 됐냐는 마음이 될 때도 있다.

가장 좋은 경우가 '이걸로 됐다'는 마음이다. 결과, 승패에 상관없이, 며칠 혹은 몇 년이 지나 후회할 일이 생기더라도, 대부분 최선을 다했기에, 마지막이 주는 그 울먹함을 견딜 준비가 되었기에 휘청거리지 않는다.

다음은 '이걸로 됐냐'는 마음이다. 부족했던 것, 미처 눈치채지 못해 놓쳤던 것, 정말 해야 할 말을 다하지 못한 것이 생각나 전전긍긍이다. 아쉽고, 후회막급이고, 어떡하든 그 끄트머리를 놓고 싶지 않아 거칠기는 해도 무엇이라도 하게 된다.

그러다보면 스스로 이걸로 됐다는 마음에 잡고 있던 끈을 놓기도 하고, 운좋게 끄트머리가 시작이 되기도 한다. 가장 나쁜 경우의 수가 이걸로 됐다는 마음과 이걸로 됐냐는 마음이 싸우게 될 때이다.

전자의 두 경우는 그 끄트머리를 내가 알고 있고, 그 끄트머리에 무언가 할 수 있을 때이다. 그렇기에 그 끈을 놓을 수도 있고, 잡고 늘어질 수도 있다. 그러나 일이건 사람이건 상대방이 그 끈을 놓아버려, 어쩔 도리 없이 '끝'을 알게 되면 마음의 지옥이 시작된다.

바닥에 떨어진 끈을 품고, 받아들이지도 못하고, 무언가를 하지도 못한 채, 내내 그 끈을 만지작거리다 끈에 쓸려 피가 난다. '끝'이라는 답 앞에서 돌아서지도, 나아가지도 못하는 형국이다. 미로 속에서 같은 자리를 수없이 맴돌다 다리 힘이 풀려 쓰러지게 될 때까지 걷게 하는 형벌이다.

나이를 먹으면서 맷집이 생겼을 법도 한데 이걸로 됐다는 마음과 이걸로 됐냐는 마음이 부딪힐 때마다 번번이 아프다. 시간이 치료제라는 것을 알지만, 진통제처럼 먹는 것은 술이 아니라 '떠남'이다. 미로를 헤매는 내 마음을 공간의 이동을 통해서 숨통 틔우는 것이다. 아픈 상처를 때로는 여행지 나무 속에 묻기도 했고, 때로는 여행지 성당에서 상처조차 고마웠다는 기특한 마음으로 기도를 하기도 했다.

누군가 두 마음이 싸우게 될 때, 무엇을 마시면 좋겠냐고 묻는다면 나는 마시지 않겠다고 답할 것이다. 그런 아픔은 정면 승부를 해야지 독주로 위로받아서는 빨리 일어나지 못한다. 그래도 굳이 마셔야 한다면 스스로를 가장 행복하게 했던 술이라면 좋겠다. 마음이 아픈데 속까지 아프게 하는 독주가 아니었으면 좋겠다.

나라면 기네스와 스파클링와인이 만나는 '블루벨벳'이다. 서로 형체와 질감이 다른 기네스의 거품과 스파클링와인의 거품이 행복하게 만날 수 있는 길이 있듯, 이걸로 됐다는 마음과 이걸로 됐냐는 마음도 행복하게 만날 수 있는 길이 있지 않을까 싶다. 그 길을 알게 되면 앞으로는 덜 아플 것이다.

지분지족지지

사람이어서 외롭기도 하지만, 사람이어서 욕심이 있다. 그 욕심이 원동력이 되어 무언가를 이루게 하고, 깊이를 만들기도 하고, 스스로를 뛰어넘게 하고, 아찔할 정도의 기쁨을 주기도 한다. 중학생 때 국어만큼은 100점을 받겠다는 욕심에 꼬박 밤을 새워 모든 브랜드의 자습서를 공부했던, 체육시간 멋지게 손 짚고 옆돌기를 하고 싶어 팔목이 부러질 정도로 연습했던, 남자 인턴만 뽑겠다던 차장님께 용기를 내서 왜 여자는 안 되냐고 항의하여 결국 원하던 팀의 인턴으로 일했던, 칸에서 처음 만난 사람을 더 알고 싶어 발길을 돌리지 못하고 밤새 걸었던…… 행복한 욕심이었다.

그러나 굳이 갖지 않아도 되는 것을 갖고자 하는 욕심, 내 것이 아닌 것을 바라는 욕심, 이루어가는 과정의 즐거움보다 소유나 결과에 집착하는 욕심, 내 수고보다 더 큰 것을 기대하는 욕심, 아니라고 하는 것을 오기로 갖고자 하는 욕심은 사람을 후회하게 한다.

언니의 옷을 물려 입어야 하는 둘째의 결핍 때문에 오랫동안 새 옷에 집착했었다. 제일 아까운 낭비였다. 대학 시절 절친이 가진 논리의 칼과 감성의 맑음, 거침없는 행동에 대한 욕심 때문에 그러지 못한 나 자신에 대한 열등감으로 많이 힘들었다. 모든 연결고리가 끊어졌음에도 내 것이 되지 못한 사람에 대한 욕심으로 몇 년간을 한 발자국도 움직이지 못했다. 어리석은 욕심이었다.

수많은 욕심의 시행착오를 거친 지금, 어리석은 욕심으로 스스로를 괴롭힐 때, 바라보는 글이 있다. 지분지족지지(知分知足知止)! 자기 분수를 알고, 족함을 알고, 그쳐야 할 때 그칠 줄 알아야 한다는 뜻이다. 꿈꾸되 나의 발을 바라보고, 달려가되 주변을 헤아리고, 넘치기보다는 조금은 부족하라고 말해준다.

와인에도 행복한 욕심이 있다. 부르고뉴 와인의 경우, 몇 가지 품종을 블렌딩하는 보르도 와인과 달리 피노누아 100퍼센트를 쓰기에 날씨가 나쁘면 좋은 와인을 만들기가 힘들다. 그러나 부르고뉴 와인을 만드는 사람들은 엄청난 정성과 수

고로 자연을 극복하고자 한다. 하나님이 주시지 않은 와인의 부족분을 사람의 땀으로 채우는 것이다.

지지(知止)의 와인도 있다. 스페인의 값비싼 와인인 베가 시실리아의 경우, 작황이 나쁜 해의 포도로는 와인을 만들지 않는다. 와인으로 만들어 얻을 수 있는 그해의 수익을 고스란히 포기하는 것이다. 극단적인 지지(知止)의 예이긴 하지만, 멈춤으로 자신의 세계를 만들어가는 것이다.

나는 아직도 어리석은 욕심 몇 가지를 입안에 감추고 있다. 사탕처럼 달래가며 다 녹일 수 있으면 좋으련만, 껌처럼 시간이 지날수록 단맛과 향기는 사라지고, 입에 두기 어려운 흉측한 것이 되어가고 있다. 그러나 언젠가 가장 어리석고 가장 오랜 시간 숨겨온 욕심을 뱉어버리는 순간이 올 것이다. 그때는 지지(知止)를 가르쳐준 와인의 코르크를 열고, 빈손에 따라 마실 것이다.

끝

바다 건너 저쪽

어른이 되어 동화책이 좋아졌다. 동화책은 어린이를 위한 미래의 잠언이지만, 어른을 위한 과거의 잠언이기도 하다. 살아오며 무엇을 놓쳤는지, 어디를 헤매었는지, 왜 그러했는지 동화책을 보며 깨닫는다. 어리석은 어른이 되어버린 스스로에게 미안해지지만, 더는 어리석어지기 싫어 동화책을 본다. 동화책은 읽는 것이 아니라, 보는 것이다.

자주 보는 동화책 중에 『바다 건너 저쪽』이 있다. 알랭 드 보통의 지적인 여행에세이 『여행의 기술』도 좋지만, 고미 타로의 동화책 『바다 건너 저쪽』을 보며 여행을 돌아보고, 앞으로의 떠남을 생각한다.

『바다 건너 저쪽』에는 빨간 멜빵바지를 입고 긴 머리를 바람에 휘날리며 뒷짐을 지고 서 있는 소녀의 뒷모습이 내내 펼쳐진다. 소녀는 바다 건너 저쪽을 상상한다. 밭, 도시, 그곳의 집과 아이들, 즐거움을 주는 놀이기구, 호기심을 채워주는 동물과 괴물, 시간이 다르게 흐르는 곳의 밤, 온도의 감각이 다른 얼음 나라를 말이다. 소녀가 마지막에 상상하는 것은 초록색 모자와 멜빵바지의 소년이다. 동화의 마지막, 소녀는 열기구를 타고 소년을 만나러 떠난다. 드디어 드러난 소녀의 얼굴은 소년의 얼굴과 닮았다.

타로상에게 미안하지만, 『바다 건너 저쪽』을 패러디해 내가 건넜던 풍경을 담아본다.

바다 건너 저쪽은 바다일 거야.
깊이도 넓이도 눈을 감고 가늠해야만 하는 바다일 거야.
바다 건너 저쪽도 바다일 거야.
보이지 않는 섬이 많이많이 있을지 몰라.
바다 건너 저쪽은 밭일지 몰라.
깨금발로는 뿌리를 내릴 수 없는 밭일지 몰라.
바다 건너 저쪽은 도시일 거야.
불빛 내음도 수백 가지인 도시일 거야.
입구를 찾을 수 없는 집도 많이 있겠지.

틀림없이 마음들이 살고 있겠지.

모두모두 무언가를 두고 온 사람들일 거야.

깨달은 자도 있을 거야. 하지만 친구.

바다 건너 저쪽은 놀이터일 거야.

끝이 없는 이야기가 많이 있을까.

여러 가지 사랑들이 있을지 몰라.

묻지 못한 슬픔도 있을지 몰라.

아프지 않은 아름다움도 있을지 몰라.

단 한 번의 약속도 있을지 몰라.

바다 건너 저쪽은 밤일지 몰라.

낙타가 별을 바라보는 밤일지 몰라.

바다 건너 저쪽은 얼음 나라일까.

추위보다 차가움이 낯선 나라일까.

바다 건너 저쪽은 모래밭일까.

무게만큼의 소리를 내며 걸어간다.

바다 건너 저쪽을 바라본다.

내가 지금 그곳을 바라보듯이.

바다 건너 저쪽에서도 이쪽을 바라보고 있을까.

손을 흔들까.

내 손에 든 술병이 보일까.

바다 건너 저쪽을 보며 흔드는 손에는 새가 그려진 레일빈야드의 '블루프린트' 소비뇽블랑이 들려 있다. 동화책처럼 생동감, 입체감, 놀라운 순수함을 선사하는 와인이다. 바다 모래밭에 철퍼 앉아 맑은 소비뇽블랑 한 병을 한 시간 안에 비우고, 껍질을 깨고 새가 된다. 그리고 있는 힘을 다해 바다 건너 저쪽으로 날아갈 것이다. 빛을 받아 날개가 반짝이기도 할 것이다. 그러나 고되고, 오랜 비행일 것이다.

그러나 괜찮다. 나를 바라보던 바다 건너 저쪽의 누군가 혹은 바다 건너 저쪽에 머물던 내가 술에 취해, 비행에 지쳐 쓰러지기 일보 직전의 나를 안아줄 것이다.

결

—

33동, 34동, 35동

가능하면 끝까지 술자리를 지키는 편이지만, 팀원들 또는 후
배들과의 술자리는 2차쯤에서 술값을 계산하고 슬쩍 사라지
는 것이 좋다. 어느 날, 팀원들과 난지캠핑장에서 회식을 하
고 홍대에 갔다. 먼저 자리에서 일어나 집에 가는데 영업이
끝난 매장 앞에서의 길거리 공연이 발을 이끈다. 중성적인 중
저음의 목소리가 감미롭다. 한국 여자 보컬과 외국인 트럼펫
연주자가 가을밤의 전령을 전하고 있다. 아름다움은 지속되
지 않아 아름답다고 멈추라고 한다. 술도 깰 겸, 음악을 듣는
데 〈Someday, My Prince Will Come〉이다. 'Someday'가
주는 기대와 이루어지지 않을 수도 있다는 두려움이 흐르고,
그때 절실했던 것은 왕자님이 아니라 혼자서 갈 수 있는 단골

술집이나 그 시간 바로 슬리퍼를 끌고 나올 수 있는 술친구
였다.

술을 좋아하지만, 자랑스럽게 술꾼이라 이야기할 수 없는 이
유는 두 가지이다. 하나는 술꾼이란 본디 술에 지지 말아야
하는데 자주 취하고 쉽게 쓰러진다. 그러나 삼십대 중반까지
도 술에 강해 스승님으로부터 사이보그란 소리를 들었던 시
절이 있었으니 '과거'를 빌미로 삼으면 술꾼이라 할 수 있다.
결정적으로 술꾼이라 할 수 없는 것은 집 앞 단골 술집을 가
져본 적이 없다는 것이다. 혼자서 다닐 뱃심은 부족하고, 동
네 술친구가 없으니 집 앞 단골 술집은 늘 아쉬움으로 남았다.
그러나 일상에도, 드라마보다 더 드라마 같은 일이 생긴다.
우연이 인연이 된다. 언젠가가 지금이 된다. 집 앞 단골 술
집을 꿈꾼 33동 문학소녀가 늦은 나이에 34동 체육소년과
35동 철학소년을 만나 술친구가 되는 일이다.
동갑내기가 많은 동호회에서 인사를 나누는데, 동네가 같아
물어보니 바로 옆 동이란다. 몇 년 전에 이사를 왔고, 회사도
내가 다니는 회사에서 멀지 않아 분명 스쳤을 텐데 서로 기억
에 없다. 처음에는 동네에서 맨얼굴로 만나야 할 일이 심란했
는데, 지하주차장에서 만나기도 하고 몇 번 술자리를 함께하
니 이렇게 든든한 친구가 없다. 누나가 미스코리아였던 34동

겉

친구는 남자 미스코리아다. 체육소년답게 산과 운동을 좋아하고, 솔직담백하고, 믿음직하다. 중학생 딸을 둔 친구는 술도 좋아한다. 술꾼답게 취하지 않고, 흐트러지지 않는다. 친구와의 술자리는 집에 가는 걱정이 없어 좋다. 집으로 같이 돌아갈 동갑내기 오라버니가 생겼다. 오랜 시간을 통해 쌓아지는 믿음도 있지만, 이렇게 단박에 믿음이 생기는 일도 있다. 얼마 전 친구가 좋아하는 술집에 갔다가 안부 전화를 하니 가까운 곳에 있다고 오겠다고 한다. 친구가 오고 이런저런 이야기를 나누다 옆자리에서 혼자 술을 마시는 젊은 친구에게 자연스레 말을 건네게 되었는데, 35동에 산다고 한다. 집에서 한참이나 떨어진 아무 연고도 없는 술집에서 33동, 34동, 35동 주민이 한날한시에 만난 것이다. 두 사람의 우연이 삼차원의 기쁨이라면 세 사람의 우연은 사차원의 흥분이다. 35동 젊은 친구는 컴퓨터를 전공했고, 빙그레 웃는 조용한 청년이다. 수학자가 있다면 이렇게 만날 확률은 몇천 분의 일인지, 몇만 분의 일인지 알려주었으면 좋겠다.

요즈음 34동, 35동 술친구를 생각하면 실실 웃음이 난다. 그리고 친구와 청년은 무슨 생각을 하는지 모르지만, 나는 동네에서 친구들과 단골 술집을 개척할 야심찬 계획을 세우고 있다. 퇴근길, 그냥 지나쳤던 집 근처의 술집들을 눈여겨본다. 동네에도 맥줏집은 기본이고 웬만한 술집들이 다 있다.

어느 집이 숨은 맛집인지, 다정한 주인이 있는지, 어떻게 알아나갈까 궁리를 한다. 서울 단골 술집들이 서운해할 수도 있지만, 동네 단골 술집을 이참에 만들어보려 한다.

나이를 먹는 것이란 나의 모래사장은 점점 줄어들고, 발 디딜 곳 없이 물로 차버리는 것이 아닐까 두려워지는 일이다. 세상은 짐작과 다르게 진행되고, 오래갈 기쁨이라 여겼던 물건도 사람도 유효기간이 있는 법이고, 기쁨과 행복을 데리고 오리라 믿고 기다렸던 것이 때로는 슬픔이 된다는 것을 알게 되는 일이다. 힘들어도 묵묵해야 할 자리가 많아지는 일이다. 그러나 삶은 그렇게 우중충하지만은 않다. 즐거운 배신이 있다. 신나고 기쁠 일이 지천이다. 붙들고 가지려는 만남에서 벗어나면 스쳐도 감사한 만남이 있다. 이렇게 드라마 같은 일이 생겨 한편으로 포기했던 바람에 다시 불이 붙기도 한다.
일상에 즐거움이 하나 더 생겼다. 저녁 여섯시면 충분히 어두워지는 12월의 어느 토요일 저녁, 추리닝에 두꺼운 스웨터를 입고, 34동 친구 부부와 35동 청년을 동네 술집으로 불러내 생선구이와 데운 술을 마실 것이고, 내년 봄이 오면 33동과 34동 사이에 있는 정자에 돗자리를 깔고, 봄나물전을 부치고, 올해 담근 살구주로 함께 봄을 맞을 것이다. 동네에 펼쳐지는 나비의 꿈이다.

LES CARR

MINERVO

APPELLATION MINERVOIS

2010

—

같은 궤도를 희망하다

가업을 이어받아 와인을 만드는 여자들이 많은데, 르루아 아
줌마 다음으로 좋아하는 사람이 안느 그로이다. 포스트 르루
아로 불리는데 작은 얼굴에 커트머리, 야무진 표정이 무엇을
해도 제대로 해낼 것 같은 믿음을 준다.

그녀가 와인을 만들어온 삶을 내 상상을 더해 그려보면, 소피
마르소와 동갑내기, 1966년생의 그녀는 부르고뉴 와인 중에
서도 가장 고가의 와인이 생산되는 본로마네 포도밭에서 자
랐다. 할아버지의 할아버지 때부터 와인을 만들기 시작, 아버
지인 프랑수아 그로도, 큰아버지도, 작은아버지도 모두 와인
을 만드는 집안 내력을 갖고 있다. 참 지겨웠을 것이다.

외동딸로 태어났기에 어려서부터 치마 대신 바지를 입고, 포

도를 키우고, 양조를 배운다. 게다가 아버지의 건강이 급격하게 악화, 남들은 꿈을 꾸는 나이인 23세에 와이너리를 맡게 된다. 아버지의 와이너리는 점점 쇠퇴해가던 중이다. 참 두려웠을 것이다. 이른 새벽 안개 낀 포도밭에서, 늦은 밤 지하 까브에서 막막하고 외롭다. 현명한 그녀, 배우기로 한다. 심지가 굳은 그녀, 자신만의 와인을 만들기로 한다. 본과 디종에서 와인공부를 하며, 와이너리를 떠나지 않는다. 참 열중했을 것이다.

젊은 사람답게 그녀, 새로운 시도를 위해 호주 로즈마운트 사로 배우러 간다. 작은 밭들로 이루어진 부르고뉴 와이너리와 달리 호주 와이너리는 끝없이 펼쳐진다. 물맛도 다르고, 공기도 다르다. 그녀도 그들과 다르다. 다름 속에 그녀, 같음을 만난다. 부르고뉴 쇼레이 레 본에서 온 장 폴 똘로, 그도 그녀처럼 와인 만드는 집안에서 태어나 더 나은 와인을 위해 이곳을 찾았다. 참 반가웠을 것이다. 같은 궤도를 도는 그들이기에, 그들이 만나는 자리에 와인이 있었기에, 그들은 사랑을 피할 수가 없었다. 참 향기로웠을 것이다. 둘은 함께 돌아오고, 사랑도, 가업의 와이너리 가치도 끌어올린다.

두 사람이 함께 만들어가는 삶이 결혼이듯 와인을 만드는 두 사람, 함께 와인을 만들어가기로 한다. 미네르부아 지방의 땅을 사고, '안느 그로 앤 장 폴 똘로' 와이너리를 만들어 그들만의 와인을 만든다. 참 설레었을 것이다. 첫번째 와인이 만들어진 그날, 그들의 포옹은 격했을 것이다. 그렇게 만들어낸 와인이 총 네 가지. 사남매이다. 실제 그들에게는 딸 둘과 아들 하나가 있다. 참 사랑스러울 것이다.

이 세상에 와서 한 번쯤 해야 하는 것이 결혼이라고 한다. 결혼의 시작을 위해서는 여자는 설레야 한다. 남녀가 만나면 그런 순간이 있다. 그 순간 그 사람은 원했든, 의도하지 않았든…… 여자의 마음 한켠을 차지하는 것이다.

겨울 포장마차에서 술을 마시고 나와, 더 거칠어진 바람을 막아주기 위해 오른쪽 손을 빼고 오른쪽 코트로 감싸주었을 때, 설레었다. 처음 만난 자리, 단단한 근육의 팔에 연결되어 있는 섬세한 손의 움직임에, 설레었다. 진지한 눈빛으로 별이 진다고 노래해주던 고운 음색에, 설레었다. 낮은 담에 걸터앉은 탓에 단추로 여닫는 치마가 벌어진 것을 조심스레 잡아주는 그 손길에, 설레었다. 나이를 먹어도 늘 청년이고 싶다는 고백에, 설레었다.

순간이 아닌 내내 설레게 하는 것은 같은 궤도를 도는 사람이다. 자라난 환경이나 일의 같음이 아니다. 삶의 방향과 희로애락의 같음, 지구와 달처럼 궤도를 공유하는 연결이다. 그런 사람을 만난 적도 있었으나, 어느 길목에서 위성처럼 소멸

했다. 상실감은 지구멸망과 같았다.

지상에 존재하는 또하나의 나를 잃는다는 크나큰 상실감 때문에라도 덜 설렐 다른 사람이어야 하는데, 나는 아직도 같은 궤도를 도는 사람을 희망한다. 안느 그로와 장 폴 똘로가 함께 만든 와이너리처럼 함께 만들 수 있는 무언가를 희망한다.

─

낙타

이십대의 나는 사막을 건너는 낙타를 이해하지 못했다. 서영은의「먼 그대」를 읽으며 주인공 문자를 둘러싼 이기적인 남자, 그 남자의 탐욕적인 부인, 세속적인 이모, 편견 가득한 출판사 식구들은 그럴 수 있다 생각했다. 그러나 짐을 지고, 또 짐을 지고, 또 짐을 지으라는 가혹한 고통 속에서, 그 고통이 높은 곳에 이르게 하는 사닥다리가 되리라 믿으며, 그 짐을 이기는 영원한 힘을 이끌어낸 불사의 낙타 같은 그녀를 이해하기도 싫었고, 보기도 싫었다. 마냥 초라하고, 어리석은 그녀를 먼 그대에게 가는 초월적 삶이라고 하는 문학적 해석도 개나 줘버리라고 하고 싶었다. 그러나 이십대와 삼십대를 지나며 무릎을 꿇어야 하는 나약함이 있었다. 부끄러움을 밝히는 불빛 때문에 잠들 수 없는 밤이 있었다. 남들은 눈치채지 못한 어리석음을 몇백 번쯤 반복했다. 세상으로부터 돌을 맞아도 갖고 싶었던 헛됨이 있었다. 세상은 내 뜻대로 되지 않고, 내 마음이 세상 뜻대로 움직였다.

말도 안 되는 사랑 때문에 현실을 저버리고, 가깝지 않은 지인에게까지 아쉬운 소리를 해야 했던, 나까지 모진 사람으로 등돌리게 만들었던 친구가 병으로 세상을 떠났다. 잠적해 살았던 친구의 춘천집을 정리하면서 나온 정성스런 손글씨로 쓴 수많은 요리 레시피를 보고, 나는 화장터에서 그 사랑도 사랑이었다고 인정하고, 울고 또 울었다.

살아보니 나도 친구도 「먼 그대」의 문자였고, 낙타였다. 그리고 오 년 전부터 성경처럼 읽는 시가 있다.

누군가 있어 다시 세상에 나가란다면
낙타가 되어 가겠다 대답하리라.
별과 달과 해와
모래만 보고 살다가,
돌아올 때는 세상에서 가장
어리석은 사람 하나 등에 업고 오겠노라고.

_ 신경림, 「낙타」 부분

「낙타」를 읽으며 묵묵하게, 강하게 걸어갈 수 있게 해달라고 기도한다. 지치고 고단한 낙타가 아니라 별과 달과 해를 노래하는 행복한 낙타, 오아시스에 감사하듯 무거운 짐도 감사할 줄 아는 긍정의 낙타가 되고 싶다. 씩 웃으며 힘이 닿는 데까지 많은 어리석은 사람을 등에 업고 싶다. 다시 친구가 이 세상에 온다면, 친구는 그토록 좋아했던 쌍계사 벚꽃길로 데려다주고, 세상 가장 어리석은 남자 하나는 집으로 데려갈 것이다.

끝까지 사랑하고 떠난 친구와 가장 어리석은 남자에게는 와인의 눈물이다. 와인을 잔에 담고, 와인과 공기와의 대화를 위해 흔들면, 위로 올라간 와인이 눈물을 흘리며 향기를 남긴다. 와인에 따라, 흔듦의 방향과 세기에 따라, 다양한 눈물과 향기가 남는다.

제사와 기원제에 술을 올리듯 나는 떠난 친구를 위해, 아직 오지 않은 가장 어리석은 남자를 위해 와인을 마실 때마다 잔을 흔들 것이다. 친구는 가끔 찾아와 와인의 눈물만큼 마실 것이고, 남자는 향기를 좇아 나를 찾아올 것이다. 너무 늦지 않았으면 좋겠다.

Juan Gil

red wine / product of spain

나무라 불리울 때

같은 회사에서 만나 팔 년이 넘도록 함께인 사람들이 있다. 지금 회사에 남은 것은 나 혼자뿐이고, 그간 많은 변화가 있었다. 명민한 누군가는 회사를 옮겨 임원이 되었고, 누군가는 광고와 상관없는 영어학원을 차렸고, 누군가는 '을'에서 벗어나 '갑'이 되었다.

나이도 제각각이고, 가치관, 정치색, 삶의 무늬도 다르지만 우리가 같은 온도, 같은 속도라고 눈치채고 한자리에 모일 수 있었던 것은 두 가지 때문이다. 자연을 좋아해서 쏘다니기 좋아한다는 것! 자연만큼 술을 좋아한다는 것!

우리끼리 '자연인 모임'이라 하고, 부모가 지어주신 이름 대신 서로가 지어준 자연의 이름으로 부른다. 햇살, 바다, 나무,

구름, 하늘, 소리, 바람, 포도, 거위라고 서로를 부른다. 하늘과 구름은 원래 부부였고, 햇살과 거위는 모임을 통해 결혼했다. 우리 모임의 가장 지혜롭고 식물적 이미지의 햇살과 가장 현실적이고 동물적 이미지의 거위가 결혼할 줄은 아무도 몰랐다. 수목원에 거위 하나가 천방지축으로 뛰어다니는데 뭐 나름 봐줄 만하다.

나는 나무이다. 목소리의 높낮이 차이가 거의 없고, 표정의 풍부함도 부족하고, 감정의 기복도 적고, 인생의 오르락내리락도 없어, 좋게 말해 믿을 만하고 한결같아 보여 모두 나무라 한다. 나무여서 가장 좋은 것은 '나무'를 소리내어 말할 때의 어감이다. 따뜻함이 물씬 배어나는 그 어감이 나는 참 좋다. 특히 바다를 무지 사랑해 하나님이 만든 바닷속 또한 꼭 보고 가야 한다고 스킨스쿠버의 세계로 이끌어준, 목소리 좋은 바다가 나직하게 '나무'라고 불러주면 절로 행복해지기까지 한다.

나는 정말 나무에 걸맞게 계속 회사에 남아 있고, 우리 모임의 사람들 중 삶의 변화 또한 가장 적다. 그러나 자연인 친구들은 알고 있다. 벗어나지 못하고 같은 장소에서 봄 여름 가을 겨울을 보내는 숨막힘을, 나이테만큼 새겨졌을 흉한 상처를 알고 있다. 친구들은 묶여 있는 나를 위해 햇살로, 구름으로, 바람으로, 소리로, 엉거주춤 거위로 찾아온다.

나는 친구들이 언제 반짝이는지를 알고 있다. 고운 외모와 달리 강성 성향인 구름은 신념을 이야기할 때 반짝이고, 덩치 큰 남자인 바람은 음악 앞에서 소녀가 될 때 반짝이고, 속 눈썹이 아름다운 소리는 눈을 내리까는 것만으로도 반짝인다. 그들과 나는 같이 떠나고, 같이 마신다. 고맙다.

나무라 불러주는 사람들이 있어 닮고 싶은 나무, 되고 싶은 와인이 있다. 스페인 후미야 지역의 '보데가 후안 길'이다. 후안 길의 레이블처럼 섬세하고, 세월이 만져지고, 조금은 눈물겨운 나무의 모습이었으면 좋겠다. 후안 길이 스페인 고유 품종 모나스트렐 100퍼센트로 만들어진 것처럼 혼잡한 세상에 섞이지 않고, 오롯이 나의 수고로 부드러운 질감과 균형감 있는 과일 향과 스모키함으로 느껴졌으면 좋겠다. 자극적이지 않고 담백하면서도 편안하게, 사람 속으로 땅속으로 그렇게 스미고 싶다.

결

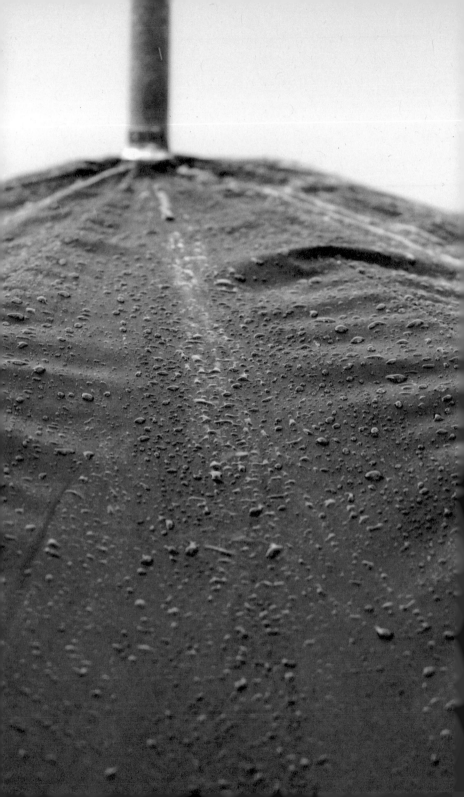

비 오는 날이 있었다

그런 비 오는 날이 있었다.

이십대 초반부터 후반까지의 여자 몇 명이 숲속을 덜컹덜컹 지나는 전차를 타고, 까르르 웃으며 수다 삼매경에 빠져 풍경을 지나쳤다. 산의 입구에서 비를 만나고, 안개에 휩싸인 아침의 말간 맨얼굴 같은 푸르름에, 후두둑 빗소리와 나뭇잎들의 생기 있는 웃음소리에, 순례자의 발걸음이 되었다. 산속 신사 처마 마루 밑에서 쉬어가는 내내 그녀들은 말없이 군무를 하듯 자연의 움직임을 따라 함께 움직였다. 비를 통해 때로는 말하지 않아야 더 많은 것을 보고 들을 수 있음을 배우며 성장한다.

그런 비 오는 날이 있었다.

바닷속 난파선을 만나러 입수하는데 비가 내린다. 바다는 따뜻하고, 비는 차갑다. 바다는 스며드는데 비는 선을 긋는다. 왜 바다가 비에 젖지 않는지 몸으로 알게 되었다. H_2O, 태생은 같으나 그들은 다르다. 흐르는 바다, 수천 수억 년의 바다는 지금의 비를 그저 말없이 바라볼 뿐이다. 언제든, 어디에 떨어지든, 난파선을 품듯 비 또한 품어줄 거라 약속할 뿐이다.

그런 비 오는 날이 있었다.

세상의 문법을 읽지 못하는 먹구름 같은 절망적인 상황. 비는 내리고, 지도에도 나오지 않는 외진 곳에 꿈을 남겨두고 돌아섰다. 꿈에게 뒷모습을 보이는 것은 가장 간절한 나에게 뒷모습을 보이는 것이라는 것을 그때 알았다. 꿈을 갖기 전의 나에게로 돌아오는 길, 우산이 있었으나 도저히 쓸 수가 없었다. 꿈을 두고 오면서 한 번도 뒤돌아보지 않은 나는 독한 사람, 아니 불쌍한 사람이었다.

그런 비 오는 날이 있을 것이다.

걸으며 비를 맞는 것보다는 자전거를 타고 비를 맞는 것이, 자전거를 타고 맞는 것보다는 전동카트를 타고 맞는 것이, 속도를 내면 낼수록 비와 더 가까워진다는 것을, 비의 진면목

술

110

을 만날 수 있다는 것을 안다. 그래서 언젠가는 오픈카를 타고 극한의 속도로 비를 맞는 미친 짓을 꼭 해보고 싶다.

많은 날 비가 왔고, 맑은 날보다는 비가 오는 날 많이 마셨다. 함께 마시는 술은 즐거워야 하기에 비 오는 날은 혼자나 둘이었다. 비 때문이라는 핑계로 이삿짐처럼 쌓아둔 지난날을 풀기에는, 풀고 싶은 짐보다는 감추고 싶은 짐이 더 많았다.

장마다. 9층 사무실 내 방의 나무블라인드 틈 사이로 끊임없이 내리는 비를 보며, 궁금해진다. 불투명하고 부드러운 구름이 무게를 견디지 못하고 내리는 것이 비일 텐데 왜 비는 투명하고, 눈을 녹이고, 꽃과 풀의 향기를 깨우는지를. 그 답은 도멘 베르나르 뒤가피의 '쥬브레 샹베르땡 비에이유 비네'에 있다.

삼십 년 이상 된 포도나무가 세월의 무게를 내려놓으며 노래한다. 블랙베리와 라즈베리 향을 앞세우고 거칠게 다가오지만, 포도밭에서 햇살과 바람과 비, 새와 즐거웠다고, 고마웠다고. 맑다. 섞이지 않은 순수다. 세월이 느껴지지 않는다. 한 번도 가본 적 없는 깊은 숲속으로 데려간다. 소풍을 끝내고 해맑게 하늘로 돌아간 가벼운 시인 같다. 그러나 시인의 시처럼 잔향은 길다. 몸이 오래오래 그 향을 기억한다.

—

나도 나의 곁이다

2011년 봄, 취직했다. 도쿄의 남자 앞에서는 아직 술을 마시지 않는다.

2011년 여름, 도쿄에는 좋아하는 사람이 있다. 니가타에는 좋아했던 사람이 있다.

2011년 가을, 친인척 모두가 모이는 우리집의 제사를 도쿄 사람에게 설명하는 것은 어렵다.

2011년 겨울, 도쿄는 맑았다. 니가타는 눈이었다.

2012년 봄, 처음으로 아버지와 술을 마셨다. 어릴 적 집에서 아버지가 드시던 그 술이다.

2012년 여름, 어린 시절부터 보아왔던 나가오카 불꽃놀이를 처음으로 보러 가지 못했다.

2012년 가을, 그 사람을 위해 스웨터를 짜기 시작해서 어느샌가 니가타 아버지를 위해 짜고 있다.

2012년 겨울, 도쿄로 떠났기에 니가타라는 더없이 소중한 고향이 생겼다.

2013년 봄, 도쿄에서 실연했다. 술이 세서 다행이다.

2013년 여름, 귀성했더니 소꿉친구가 엄마가 되어 있다.

2013년 가을, 고백을 받았다. 이번에는 천천히 사랑을 해야지.

2014년 봄, 일이 바쁜데 맞선이라니 못 가요, 라고 거짓말을 했다.

2014년 여름, 처음으로 도쿄의 남자를 데리고 간다면 여름이 좋겠지, 라고 마음먹었다.

2014년 겨울, 술을 나누고 따뜻해졌다. 설국의 부부란 좋구나.

그냥 순박하게 맑은 소도시가 있다. 남북으로 강이 흐르고 강가에 봄에는 벚꽃, 겨울에는 눈꽃이 흩날리고, 돌풍에는 빨래가 날아간다. 오래된 풍경은 채도 40의 진하기보다 맑은 빛이다. 기온이 뚝 떨어지는 날, 난로 위의 주전자 물처럼 슬픔과 아픔을 끌어안을 줄 아는 도시이다.

그래도 여름 이틀간 2만 발의 불꽃과, 깨끗한 물과 고시히카리 쌀이 만들어내는 사케가 있어 빛나는 니가타 현 나가오카이다.

그곳의 리에코상일 수도 있고, 유카상일 수도 있다. 지방 대학을 나와 어렵게 도쿄에 취직이 된다. 신칸센을 타면 90분이 걸리는 곳이지만, 도쿄는 늘 꿈이었고 고생을 해도 화려한 도쿄에서 하고 싶었다. 몸은 니가타의 쌀로 성장했지만, 삶은 도쿄의 사람으로 성장하고 싶었다. 그렇게 부모님을 두고, 소꿉친구를 두고 떠나왔다.

도쿄 생활은 낯선 만큼 즐겁고, 어설퍼도 기특하다. 뼛속까지 도쿄 사람은 될 수 없어도 도쿄 사람 되는 일이 어렵지는 않다. 그래도 도쿄 토박이 앞에서는 가끔 주눅이 든다. 도쿄 남자는 멋있기는 해도 차갑고, 그래서 연애도 냉정하다. 돌아서면 다시 돌아오지 않는다. 뒤를 지켜봐주는 일 따위는 없다. 어느 때부터인가 고향에 올라가는 발걸음은 뜸해진다. 그런데 고향을 향하는 마음걸음은 잦아진다.

좀처럼 눈은 내리지 않고, 찌푸리기만 하는 도쿄의 겨울 하늘 아래에서 나가오카의 하늘에 말을 건다. 오늘 눈의 양은 발등을 덮었는지, 발목까지 찼는지…… 도쿄 레인보우브리지 불꽃놀이도 눈부시다. 같이 간 도쿄 남자는 세심하다. 그런데 자꾸 생각나는 것은 불꽃놀이 내내 손을 잡았던 나가오카 첫사랑이다. 첫사랑에게 말을 건다. 다시 누군가에게 고백을 했는지…… 좋은 쌀을 먹고 자란 니가타 여자는 피부만 좋은 것이 아니다. 좋은 술을 지척에 두고 자라 술이 세

곁

다. 사랑은 술을 함께 마시고, 등을 가늠하고, 긴 겨울을 이겨낼 스웨터를 짜는 일이다. 그렇게 등을 껴안는 일이다. 그래서 술을 마시지 못하는 아버지, 애인, 남편은 사절이다. 고향의 술에게 말을 건다. 좋아하는 술을 혼자 마시지 않고 나누어 마시는 것은 체온 때문이라는 것을 아는지…….

나가오카 요시노가와 양조장 '긴죠 고쿠죠 요시노가와' 사케의 '도쿄-니가타 이야기'라는 광고는 성장영화를 보는 것 같아 찡하다. 누군가의 성장기를 보는 순간 나도 한 뼘쯤 자라는 것 같아 고마워진다. 450년 된 양조장이 만드는, 과일과 꽃 향으로 산뜻한 투명한 사케가 이십대를 지나는 여자에게 조곤조곤 말을 건넨다. 손짓한다. 기다린다.

우리는 인생의 한순간, 광고의 여자가 도쿄로 상경하듯 나를 떠나왔다. 그리고 돌아가지 못하는 운명이 되어버렸다. 결코 돌아갈 수 없다. 누군가는 그 순간 그 지점을 기억하고, 누군가는 기억하지 못한다. 인생의 단 한순간이고, 단 한 지점이다. 일상을 살며 뿌리를 내리고 있다고 믿어도 밤이 오면 떠돌이라는 것을 알게 된다. 우리는 떠돌 수밖에 없어 어른이 된다. 떠나온 그 순간, 그곳을 그리워할 수밖에 없어 노래가 된다. 때로는 돌아갈 수 없어 쩔쩔매고, 돌아갈 수 없어 목이 멘다. 그러나 돌아갈 수 없어 새로운 길이 된다.

우리는 떠나왔기에, 그립기에 자꾸 말을 건넨다. 지칠 때, 부끄러울 때, 상처를 받았을 때, 아니면 기쁠 때, 스스로를 칭찬할 때 누구에게 말을 건네는지 유심히 들여다보면 알게 된다. 떠나온 그 순간의 내가 귀를 기울이고 있다. 곁을 지키고 있다. 돌아가지는 못하지만 마음의 말 상대가 되고, 늘 안아준다. 다독여준다. 품이 되어준다. 우리를 구원하는 것은 세상의 위로와 용서가 아니라 떠나온 나의 위로와 용서이다.

나도 나의 곁이다. 나는 나의 곁이 되기 위해 떠나온 것이다. 떠나올 수밖에 없는 것이다. 내가 존재하는 한 결코 떠나지 않는 곁이다.

—

383,000km

사람 사이에는 거리가 필요하다. 사람 사이에도 숨을 고를 필
요가 있기에. 더 오래 만나기 위해. 더 소중해지기 위해.

사람 때문에 헉헉거릴 때, 어딘가에서 보고 메모해두었던 글
이다. 사람과 사람이 이어지는 것은 타이밍의 영역이라면, 사
람과 사람이 이어가는 것은 스페이싱의 영역이 아닐까 싶다.
타이밍은 어쩔 수 없지만, 스페이싱은 하기 나름인데 참으로
어려운 것이 그 간격, 그 거리의 조절이다.
일로 만나는 사람과는 7~15km쯤의 거리가 필요하다. 일이
생기면 길이 막혀도 한 시간 안에 찾아갈 수 있는 거리. 일에
문제가 생겼을 때 대책안을 세우거나 화가 누그러질 수 있는

여유의 거리. 그만큼의 거리가 필요하다. 클라이언트와 같은 건물에서 일했던 적이 있다. 길이 막힌다든가 프린트가 고장 나 출력물을 출력하지 못해 가지 못하고 있다는 등 7~15km 떨어져 있는 광고주한테 쓸 수 있는 핑계를 하나도 쓰지 못했다. 언제든지 클라이언트가 직접 사무실로 올 수 있다는 긴장감에 힘들었다.

부모와 자식의 거리는 3~5m가 아닐까 싶다. 같은 집에서 방과 방 사이의 거리만큼이다. 어쩌면 부모 자식 사이에는 시작부터 거리가 존재하지 않는지도 모른다. 다만 피를 나누었어도 소유가 아니기에 존재로서 존중할 수 있는 거리가 필요할 뿐이다. 끊임없이 밥상머리에서 머리를 맞대고, 어려서는 몸으로, 나이들어서는 마음으로 안아주고 쓸어줌으로 부모와 자식은 하나였음을 기억하는 것이다. 세상 아니 우주 가장 먼 곳을 가더라도 곁으로 돌아오게 만드는 만유인력의 거리이다.

남자와 여자는 지구와 달의 거리인 383,000km로부터 시작한다. 행성으로 떠돌다 지구에 가장 근접하는 보름달인 슈퍼문 같은 빛남을 보고, 때로는 어느 한쪽이, 때로는 둘 모두가 빛의 속도로 거리를 좁혀온다. 가늠할 수 없는 383,000km의 거리가 한순간 사라지고, 개기월식처럼 하나가 되는 순간이 온다. 사랑이다. 어떤 남녀는 그 순간부터 자기의 궤도를 버리고, 어떤 위기가 와도 20초 이내로 달려갈 수 있는 100m 거리로 둘만의 궤도를 만들기도 하지만, 어떤 남녀는 383,000km 이전의 거리로 돌아가 지루하게 3.8cm씩 멀어지기도 한다. 빛의 속도로 다가가도 닿지 않으면 소용없는 것이 남녀이기에 상대방과 닿을 수 있는 거리의 가늠, 거리의 기술이 필요하다. 아울러 뒷걸음치게 하지 않는, 상대방이 '우리'가 아닌 '나'로서도 존재하게 하는 거리의 배려, 거리의 예의가 필요하다.

사람 사이가 오래가고, 행복할 수 있는 거리를 조절하는 것도 힘들지만, 사람과 사람의 거리를 좁히는 것도 쉽지만은 않다. 그래도 거리를 좁히는 데 술은 큰 힘이 된다. 얼음 공주와 같은 클라이언트가 좋아하는 와인을 나도 좋아한다는 것만으로도 경계를 풀기도 하고, 며칠간 껄끄러웠던 아버지와의 사이가 엄마의 솜씨 좋은 장떡 안주에 막걸리를 함께하는 것만으로 없던 것이 되기도 한다.

더 소중해지기 위해 사람과 거리를 두어야 할 때, 더 오래 만나기 위해 멈추어야 할 때 쓰는 단기 처방전은 나를 고단하게 하는 것이다. 달리기를 하든, 평소 즐기는 운동을 하러 연습장을 찾든, 읽기 시작하면 끝을 알아야 하는 추리소설을 밤새워 읽든, 몸을 나를 지치게 한다. 그리고 수분이 빠진 몸에 에일맥주가 아니라 라거맥주를 부어준다. 깊고 풍부해서 책처럼 머리를 채우는 에일맥주가 아니라 청량하고 깔끔해서 운동처럼 몸을 비우게 하는 라거맥주를 마셔야 한다. 그리고 아무 생각 없이 잠드는 것이다. 그 시간만큼 거리를 두고, 숨을 고르는 것이다.

극약 처방전은 여행이다. 물리적으로 나를 멀리 보내는 것이다. 여행을 가면 떠나온 곳의 두고 온 것들이 근경이 아니라 원경이 된다. 사라질까 두려워 잡아야겠다는 다급한 마음에 오히려 놓치고 마는 근경이 아니라, 천천히 지나가며 보이지 않았던 숨은 그림자까지 보이는 원경이 되어 꽉 쥐었던 손의 힘을 풀게 한다. 꼭 지금이 아니어도 된다는 순한 마음이 된다.

겯

염소자리

염소자리의 사람들은 이렇다고 한다.

염소자리는 어린 시절부터 어른스럽다는 소리를 듣고 자랄 만큼 아주 현실적이고 진지합니다. 이들은 대개 의지력과 책임감이 강하여 일단 목표를 세우면 시간이 아무리 오래 걸려도 중간에 포기하는 일 없이 목표에 도달할 때까지 일하는 일중독자들입니다. 그래서 직장에서는 누구보다 열심히 일하는 사람으로 신뢰받지요. 그러나 남에게 간섭받기 싫어하고 문제가 생겨도 혼자서 해결하는 타입이기 때문에 명령을 받는 위치에 있을 때는 스트레스를 많이 받습니다. 또 누군가에게 의지가 되어주는 든든한 존재이지만 태생부터가 어른인 염소자리는 정작 자신은 남에게 기대기 어렵기에 항상 외롭고 고독합니다. 그러니 때로는 어린아이처럼 자신의 감정을 순수하게 표현하는 것이 좋습니다.

염소자리는 틀에서 벗어나지를 못한다. 누군가를 힘들게 하거나 아프게 하는 것보다는 본인이 그 짐을 지는 것이 마음 편하고, 응석이나 약한 척은 어떻게 해야 할지 모른다.

누군가를 책임지고, 지키고, 챙기는 것이 자신의 몫이라는 생각에, 장석주 시인의 시 「밥」에서처럼 '굽히고 싶지 않은 머리를 조아리고 / 마음에 없는 말을 지껄이고 / 가고 싶지 않은 곳에 발을 들여놓고 / 잡고 싶지 않은 손을 잡고 / 정작 해야 할 말을 숨겼으며 / 가고 싶은 곳을 가지 못했으며 / 잡고 싶은 손을 잡지 못했다.' 그러나 그것은 좋은 사람, 믿을 수 있는 사람이 되고 싶어서가 아니라 흉, 허물, 열등감, 실패를 드러내지 않겠다는 안간힘이고 자기방어이다. 열을 주고, 다섯도 받지 못하는 속상함은 고스란히 앙금이 되기도 한다. 가끔은 별자리의 짐이 버거운 염소자리가 부러워하는 별자리는 낭만주의자, 천칭자리이다.

염소자리의 힘겨운 추수가 다 끝나고, 선선한 바람이 불고, 하늘이 붉어지는 저녁, 천칭자리는 방랑의 길을 간다. 즐기는 것을 최고의 덕목으로 삼고, 섹시하고 사랑스러워 모두를 자기 편으로 만들고, 양보란 없다. 제멋대로 산다. 미모와 미소를 입고 태어나 연애의 고수이다. 아름다움과 관계의 햇살이 늘 떠나지 않는다. 장밋빛 인생이다.

염소자리가 먼 곳, 먼 것, 다른 곳, 다른 것을 꿈꾸듯 와인 중에도 미국에서 만들지만 프랑스를 꿈꾸는 와인이 있다. 그르나쉬, 시라, 무르베드르 등 타닌이 강한 품종으로 거칠지만 묵직하고, 깊고, 스파이시한 와인을 만드는 남부 론(Rhône) 지방 와인이 되고 싶어 그르나쉬 34%, 시라 34%, 무르베드르 13%를 섞어 만드는 미국 와인이다. 캘리포니아 몬터레이 지역, 조셉 펠프스 빈야드의 '르 미스트랄'! 이름 또한 그 바람을 담아 프랑스 남부 지방에서 주로 겨울에 부는 춥고 거센 바람, 르 미스트랄(북서풍)이다. 그러나 남부 론 스타일일 뿐 론의 와인과 르 미스트랄은 다르다. 17마일 드라이브와 서핑으로 유명한 몬터레이의 밝음과 어두움이 배제된 여유로움을 숨기지 못한다. 론의 산미와 같은 아픔을 담아내지는 못한다. 와인은 포도나무 혼자가 아닌 포도나무가 자라는 지리적, 기후적 요소, 재배법과 같은 테루아에서 만들어지기 때문이다.

저녁이다. 론의 해질녘과 몬터레이의 해질녘 풍경이 다르듯 염소자리의 저녁과 천칭자리의 저녁은 다르다. 재투성이 신데

렐라가 유리구두를 신고 장밋빛 인생으로 가듯 염소자리는 때로 술구두를 신고 천칭자리로 옮겨갈 수도 있을 것이다. 그러나 술에서 깨고 나면 그러하듯 다시 제자리, 자신의 별자리이다. 그러나 염소자리이기에 그 아쉬운 아침 또한 꿋꿋이 받아들이리라 믿는다.

2002

toute la récolte a été mi
en bouteilles au Châtea

Château

Rothsc

PAUILLAC
TION PAUILLAC

—

미완을 변명하다

이십 년 넘게 보관만 하고 있는 책이 있다. 뿌리깊은 나무에서 출간된 『민중자서전』 스무 권이다. 회사에 입사하고, 월급으로 처음 산 낱권이 아닌 전집이다. 안동포 길쌈아낙 김점호의 한평생, 마지막 보부상 유진룡의 한평생, 반가 며느리 이규숙의 한평생, 제주 중산간 농부 김승윤의 한평생, 벌교 농부 이봉원의 한평생, 천리포 어부 서영옥의 한평생, 고수 김명환의 한평생. 거친 세월 속에서 날것으로 사신 분들의 억센 사투리가 그대로 옮겨진 구술 자서전인데 지나간 미래인 그분들처럼, 한평생 내가 무어라 불리우면 좋을지 찾으며 만들어가겠다는 마음으로 샀던 책이다. 그러나 회사에서 상품을 팔리게 하는 메시지를 찾으며 살게 되었고, 세상의 잣대,

세상의 평판을 좇다보니 무어라 불리울 수 없는 반평생이 지나가 있었다. 나머지 반평생에 대한 생각이 많은 요즈음, 반평생이나마 무어라 불리울 수 있는 길을 찾기 위해 읽어야 하는데 진솔하지 못한 삶을 살아 부끄럽다는 핑계로 책 읽기를 미루고 있다. 건강을 해친 후 입에 쓴 약초를 마시는 절박함으로 읽든가, 아니면 차라리 절판된 이 책이 꼭 필요한 사람에게 갈 수 있도록 해야겠다고 고민중이다.

삼 년째 끝내지 못하는 책이 있다. 『음식과 요리: 세상 모든 음식에 대한 과학적 지식과 요리의 비결』이라는 책이다. 무려 1,326쪽, 한 손으로 들기 어려운 무게. 식자재, 향신료, 차, 술, 조리기구까지 음식과 음식을 만드는 기본이 진지하게 들어 있다. 한 분의 스승이 들어 있는 것이다. '달걀은 어떻게 굳으며, 어떻게 커스터드를 진하게 만드는가?' '과일과 과일 아닌 것들의 결정적 차이는?' '마블링은 잊어라!' '설탕 덩어리에서 설탕 알갱이로' 등 흥미로우면서도 과학수업 시간의 막막함이 있는 책이다. 필요한 부분을 발췌해서 읽어도 되지만, 시간을 내서 일독하고 싶은 책이다. 그런데 일독하고 난 후가 두렵다. 어설픈 성취감으로 요리를 정식으로 공부하겠다고 잘 가라앉은 일상을 휘저어버릴까 두렵다. 그래서 사무실 낮잠 베개로 더 많이 활용하고 있는지도 모른다.

구 년째 마시지 못하고 있는, 아니 내내 못 마실 술이 있다. 와인을 좋아하기 시작할 무렵, 어디선가 들었던 풍월로 큰맘 먹고, 여행비를 아껴 샀던 '샤토 무통 로쉴드 2002'이다. 2002년 레이블에는 현대 러시아 미술의 선구자라 불리우는 일리야 카바코프의 드로잉이 있다. 한 세계에서 다른 세계로 건너가는 끝없는 소용돌이와 이를 안내해줄 수많은 날개가 그려져 있다. 세상 사람들을 20 대 80으로 나눌 때, 80퍼센트가 살아가는 보편적인 길을 가리라 믿어 의심치 않았기에 결혼식 와인으로 쓸 요량이었다. 새로운 세계로 가는 나, 아니 우리를 위한 축하의 와인.

그런 낭만적인 마음으로 여러 빈티지 중 2002년을 골랐다. 그러나 결혼은 여전히 요원하고, 코르크는 여전히 닫혀 있다. 보르도의 좋은 레드와인은 십 년은 넘어야 마시기 적당하다는 것을 간과했다. 아직 열리고 싶지 않은 와인이 결혼을 결사반대한 것 같다.

이렇듯 주변을 둘러보면 이런 핑계, 저런 변명으로 끝을 보지 못하고, 미완으로 남아 있는 것들이 많다. 내 뜻대로 할 수 없는 차원의 미완이야 어쩔 수 없다고 하나, 내가 할 수 있는 몇 가지 미완은 마음먹고 냉장고 청소를 하듯 마무리짓고 싶다.

반가 며느리 이규숙의 한평생에 나오는 구절이 있다. "우리넨

간장, 고추장, 일 년치 해놓구 낭구 일 년치 해놓구 양식 해놓구 그래야 맨밥을 먹어두 그게 살림이지. 땜으루 금방금방 사서 먹믄 맘이 불안허다구." 남은 반평생은 머뭇거리지 말고, 저지르며 마무리하고 이루는 動의 살림을 하고 싶다. 빨랫줄에 걸린 미완의 옷들이 언제 마를까 시계를 보며 초조해하고 불안해하는 것이 아니라 해야 할 것들, 하고 싶은 것들을 미루지 않고 간장을 담그듯 고추장을 담그듯, 그렇게 시기에 맞게 담그어가고 싶다. 그리고 그때마다 칭찬의 술을 열고 싶다.

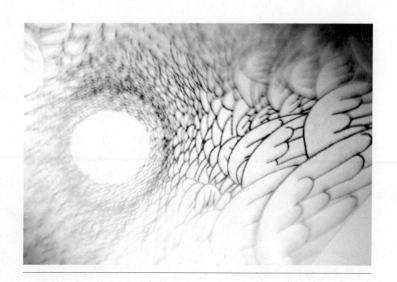

결

—

막걸리를 풀코스로 즐긴다면

샌프란시스코를 여행할 때 마마스(Mama's)라는 프렌치 레스
토랑에 갔었다. 우리 테이블만을 전담해주며 알아듣든 말든
세세히 요리에 대해 설명해주던 서빙도 기억에 남지만, 옆 테
이블에서 벌어지던 프러포즈는 두고두고 기억에 남는다. 예
의 없게 계속 프러포즈 상황을 곁눈질로 쳐다보았다. 멋진 남
자가 전하던 반지도 빛났지만, 샴페인-화이트와인-레드와인
으로 이어지던 그들의 와인 풀코스 리스트는 더 멋져 보였다.
여자에 비해 더 젊고, 클래식했던 남자의 외모와 우아한 매너
에 여자가 엄청 부자일 거라고 시샘을 했었다. 레스토랑을 나
오며 그들의 와인 풀코스를 묻고 싶었지만 영어도, 뻔뻔함도
모자랐다.

몇 년 전부터 막걸리 붐이다. 막걸리 학교도 생기고, 막걸리 바도 많고, 막걸리 병도 막걸리 잔도 점점 스타일리시해지고 있다. 술도가도 새로운 시도를 많이 하고 있다. 누보 막걸리 시대인 것이다. 막걸리 바에서 와인을 즐기듯 마시는 것도 좋지만, 나는 차가움을 고스란히 느낄 수 있는 양은사발에 부어 사발째 들이켜는, 농촌스타일이 더 좋다. 더 좋은 것은 막걸리 붐으로 술맛이 다양해지고, 깊이가 깊어지는 것이다. 오랫동안 외면되던 막걸리가 와인처럼 사케처럼 각자의 이름으로 불리어지고, 五味의 세계가 풍부해진다는 것은 멋진 일이다. 술꾼들에게 더할 나위 없는 기쁨이다.

술은 음식이므로 술 역시 그 쓰임새와 순서가 중요하다고 생각하는 나에게 막걸리로 풀코스를 꾸리라면 금정산성 막걸리-배다리 막걸리-덕산 막걸리 순이다.

금정산성 막걸리는 막걸리 세계의 샴페인이다. 버블처럼 톡 쏘고, 설렘이 있고, 풍부하다. 8%라는 알코올이 전혀 부담이 되지 않는다. 몇 잔을 마셔도 가볍다. 자꾸 입안을 혀로 핥게 만든다. 대통령령으로 허가한 대한민국 민속주 1호라는 타이틀, 통밀을 빻아서 만든 전통 누룩으로 제조한다는 사실 따위는 무시해도 좋다. 맛 하나로 충분한 그만의 세계가 있다.

배다리 막걸리는 막걸리 세계의 소비농블랑이다. 신맛이 강하지 않다고 하는데, 모두가 마셔도 신맛이 강하다. 커피도

와인도 신맛이 강하면 상쾌한 바람이 느껴진다. 그러면서도 묘한 긴장감을 준다. 새침한 여자 같다. 닿을 수 없는 한 뼘의 거리감이 사람을 매혹시킨다. 청량감이 독보적인 알코올 7%의 배다리 막걸리는 박정희 대통령이 14년간 즐겼다고 한다.

덕산 막걸리는 막걸리 세계의 메를로이다. 탄산이 적어 부드럽고, 은근하고, 풍요롭다. 목소리를 높이지 않고 그냥 스며든다. 말없는 남자와 같다. 무조건 믿어주고 싶은 마음이 생긴다. 알코올 6.5%의 덕산 막걸리는 견학도 테이스팅도 가능한 진천 세왕주조의 막걸리로, 만화 『식객』에서도 소개되었다. 자신의 깊이를 가진 술을 만나게 되면 부끄러워진다. 몇천 원 하는 술마저도 자신의 세계가 있는데, 사람으로 자신의 세계를 고민하지 않는 부끄러움으로 조급해진다. 자꾸 나이를 생각하게 된다. 조만간 막걸리 여행을 다녀오고자 한다. 그 세계가 어떻게 만들어지는지 알게 되면 나 또한 어떻게 살아가야 하는지 알게 될 것이다.

Vega de Castilla

Castilla

RUEDA VERDEJO 10

스마일, 문어

레스토랑마다 시그니처 요리가 있듯 우리집에도 시그니처 음식이 있다. 문어이다. 외가가 속초인 덕에 엄마가 친정에 가시면 엄마보다도 엄마가 들고 올 문어를 기다렸다.

엄마는 집으로 돌아오는 날 아침, 속초시장도 아닌 외갓집 앞 바닷가에서 배를 기다리고 있다가 갓 잡아온 문어를 바로 데쳐 집으로 가져오시는 것이다. 문어 다리의 두꺼운 윗부분은 얇게 저미고, 가는 아랫부분은 듬성듬성 썰어 마늘과 매실이 들어간 초고추장에 찍어 먹으면 짭조름한 바다 향과 쫄깃한 식감, 고소함이 입안에 오래 남았다. 아버지뿐만 아니라 나에게도 별미였다. 먹고 나서는 엄마에게 묻는다. "문어 다리 몇 개 남았어?" 엄마의 문어숙회는 그렇게 기다림이었다.

외가댁 잔칫상에는 경상도처럼 문어가 오른다. 언니 결혼식에도 외가에 특별히 좋은 문어를 부탁해 손님 대접을 했다. 손님 대부분 식장 음식보다 문어가 맛있었다는 말씀을 남기고 가셨다. 지금은 외국에 사는 언니에게 김치를 보내거나, 언니네 집에 갈 때, 언니가 한국에 왔을 때, 아버지는 노량진 수산시장으로 문어를 사러 가신다. 나이든 아버지가 언니에게 주는 선물인 것이다.

더운 나라에 사는 언니는 문어를 가지고 동남아 미나리와 자색양파, 홍고추, 풋고추를 넣어 본인의 특제소스로 문어초무침을 하거나, 문어초밥을 만든다. 식탁에 가족이 둘러앉고 언니는 스시집 주방장처럼 바로바로 밥을 쥐어 얇게 저민 문어를 올려준다. 조카들은 그 초밥을 먹고 지금 어른이 되어간다. 언니는 문어에 상큼함을 입힌다.

여러 곳을 다니며 다양한 문어 요리를 먹었다. 그러다 스페인 북부의 산티야나 델 마르에서 나의 시그니처 문어 요리를 만났다. 산티야나 델 마르는 장 폴 사르트르가 '에스파냐에서 가장 아름다운 마을'이라 일컬은 곳이다. 귀족들의 저택과 성당이 중세의 모습 그대로 멈추어져 있어, 여행자를 칠팔백 년 전으로 돌아가게 하는 중세도시이다. 그 고즈넉함과 더불어 초등학교 시절 배운, 인류 최초의 미술관이라 할 수 있는 알타미라 동굴이 가까이에 있어 더 시간을 되돌린다. 산티야나 델 마르는 지금에서 성큼 물러서 과거에 머물게 하기에 낮의 하늘도, 밤의 불빛도 더없이 따뜻하고 여유롭다. 마치 지난 일은 시간을 지나, 그 시절의 날것이 아닌 충분히 뭉그러진 수프가 되듯이 말이다.

모든 것이 따뜻함을 향하는 그곳에서 뿔뽀 가예고(pulpo gallego, 뿔뽀는 문어를 뜻하는 스페인어다)를 만났다. 돌로 지어진 밥집이기도 하고 술집이기도 한 곳에서 좋아하는 식자재, 문어와 감자가 한데 어울린 음식을 만난 것이다. 나무그릇 위에 1cm 두께의 수육스타일로 썰린 감자가 깔리고, 그 위에 올리브유, 소금, 후추, 레몬즙으로 간이 된 어슷썰기의 도톰한 문어 다리가 올려지고, 매콤한 파프리카 가루가 문어의 하얀 얼굴을 붉게 덮는다.

감자도 문어도 모두 따끈따끈한 뿔뽀 가예고를 값싼 하우스 화이트와인과 마셨다. 아마 리오하의 주요 청포도 품종인 비우라(viura)였을 것이다. 거칠지만 속깊은 어부 총각과 꾸미지 않은 농장 아가씨의 소박한 데이트 같다. 말주변도 없는 두 사람이 만나 그저 비싯비싯, 배시시 웃을 뿐인데 이쁘다.

어린 시절, 속초시장에서 통째로 말린 문어를 봤는데 다리 위의 몸통이 웃고 있는 것 같았다. 그래서 문어를 생각하면

스마일맨이 떠오른다. 산티야나 델 마르의 뿔뽀 가예고가 그
러했듯 내가 만드는 뿔뽀 가예고도 웃음이었으면 좋겠다. 누
군가를 흐뭇하게 바라보게 하는 웃음, 저절로 지어지는 웃음
이었으면 좋겠다. 그리고 그 웃음이 매콤한 파프리카 가루처
럼 누군가를 붉게 물들였으면 좋겠다.

겉

백년고독

이름만으로 이미 사람을 취하게 하는 술이 있다. 백년고독!
오래전 독주를 즐기는 팀원을 통해 중국 백주 중에 '백년고
독'이라는 술의 존재를 알고 몇 번을 마시려 했으나, 아직 마시
지 못했다. 내게는 유니콘이나 용과 같은 전설의 술. 무릉도원,
이어도와 같이 존재하나 존재하지 않는 술이 '백년고독'이다.
마셔보지 못하고, 상상만 하는 술이기에 백년고독은 소맥과
고량으로 빚어지는 것이 아니라, '기꺼이 고독하라!'는 문구
처럼 스스로가 선택한 유배와 단절, 침묵으로 빚어진다. 십
년, 이십 년, 삼십 년…… 백 년, 아주 오랜 시간 수많은 감정
과 언어, 삶으로 빚어진다.
어느 시를 흉내내 적어본 나의 백년고독은 바닥이 보이지 않

결

으나 끝을 본 듯한, 아무것도 없으나 모든 것을 가지고 있는 신기루 속 소리가 사라진 공간이고, 나의 목소리만이 존재한다.

십 년을 고독하라 하면, 숲속을 헤맬게요.
이십 년을 고독하라 하면, 사라지지 않는 거품을 만들게요.
삼십 년을 고독하라 하면, 봄이 어디로 가는지 보고 올게요.
사십 년을 고독하라 하면, 웃는 법 대신 우는 법을 배울게요.
오십 년을 고독하라 하면, 한 사람만 내내 바라볼게요.
육십 년을 고독하라 하면, 세상 술을 모두 구경하고 올게요.
칠십 년을 고독하라 하면, 언어에 복무할게요.
팔십 년을 고독하라 하면, 나로 가난했던 사람들의 밥상을 차릴게요.
구십 년을 고독하라 하면, 사막을 다 건넌 모든 낙타들의 발을 씻길게요.
백 년을 고독하라 하면, 한 번도 본 적이 없는 내 뒷모습을 좋을게요.

그래서 어느 순간부터는 일부러 찾아 마시려 하지 않는다. 언젠가 생각하지 못한 곳에서 만나게 되더라도 마시지 않을지 모른다. 어쩌면 이미 백년고독을 마셨는지 모른다.

술

두 명의 데미안

1993년 여름, 좋은 클라이언트와 배려 깊은 사수를 만난 덕에, 사원 주제에 서툰 영어로 처음 출장을 간 유럽은 문화충격 아니 코페르니쿠스적 전환이었다. 밤 아홉시가 넘어 도착한 프랑스 샤를 드 골 국제공항은 대낮처럼 밝았고, 밤에 탄 센 강 유람선에서 파리 야경이나 영화에서 본 퐁네프 다리보다 더 눈길이 갔던 것은 센 강 주변의 파리지앵, 파리지엔느들의 격한 스킨십이었다.

베네통이 발간하는 잡지 『Colors』를 만드는 사람들이 나와 나이 차이가 얼마 나지 않는다는 것도, 엄청난 주장이 있다는 것도 놀라움이었다.

이탈리아의 아름답고 부유한 도시, 트레비소에 있는 베네통

본사의 건물 지붕은 햇빛에 따라 무지갯빛으로 변하였고, 그들의 사무실 중앙에는 모두가 함께 일할 수 있는 엄청난 사이즈의 테이블이 있었다. 한국에서 제대로 된 스테이크를 먹은 것도 손에 꼽히는데 그곳의 송아지 스테이크는 살결이 느껴지지 않았고, 얼떨결에 고른 가지 스파게티는 완전히 다른 차원의 맛이었다. 모르는 세상에 대한 호기심에 들뜨기도 하고, 경험하지 못한 것들 앞에서 위축되었다. 거인국에 온 소인처럼 불안해하면서 낯선 세상에 자꾸 목을 내밀게 되었다.

함께 출장을 갔던 클라이언트 과장님은 다른 일로 피렌체에 가시고, 혼자 남은 내게 하루의 자유시간이 생겼다. 찾아간 곳은 말할 것도 없이 트레비소에서 기차로 삼십 분 거리에 있는 베니스였다. 눈치볼 일 없는 여행자가 되니, 게다가 그곳이 베니스이니, 발걸음이 물의 도시의 리듬을 타고 있었다. 평생 헤매고 싶은 미로와 같은 골목들을 지나 큰길을 걷다가 도착한 곳이 카스텔로 공원이고, 그곳에서 베니스 비엔날레를 만나게 되었다.

비엔날레가 무엇인지도 모르고 미술전시쯤으로 생각하고 들어간 그곳에서 지금까지 알던 미술을, 아트를 버렸다. 가장 충격적인 작품은 데미안 허스트의 〈Mother and Child Divided〉였다. 어미소와 새끼소의 몸체를 수직으로 잘라 나누어 다른 수조에 담고, 그 사이를 지나가게 하는 그 작품 때문에 아트는 아름다운 것이 아니라 생각하게 하는 것이라는 것을 알았다. 데미안 허스트는 그렇게 나의 지경을 넓혀주었다.

첫 출장은 그렇게 내가 보고, 맛보고, 알고, 느껴야 할 세상과 사람이 무한대라는 것, 상상도 못한 것들이 곳곳에 있다는 것, 그래서 매년 새로운 세상으로 한 번씩은 건너가겠다는 결심을 하게 했다.

데미안 허스트처럼 지경을 넓혀준 또하나의 데미안은 데미안 라이스다. 주로 가요를 좋아하고 뮤지션이라면 제임스 잉그램 정도를 좋아한 빈약한 음악 수준에서 만난 데미안 라이스는 높낮이를 배회하는 우울함이 얼마나 아름다울 수 있는지 알게 한, 늘 나를 눈물겹게 하는 우울한 편지다.

데미안 라이스의 아름다움은 그가 떠돌아다닌 이탈리아의 토스카나와 유럽의 거리거리에서 왔음을 믿는다. 지독한 가사는 떠돌아다닌 사람에게서 나온다.

두 데미안처럼 아름다운 충격, 와인의 새로운 세계를 보여주는 와인이 둘 있다. 하나는 미국의 괴팍한 와인 천재, 와인계의 스티브 잡스라 불리우는 만프레드 크랑클이 만드는, 와인을 좋아하는 사람들의 꿈의 와인, '씨네쿼넌(Sine Qua Non, 필수불가결이라는 뜻의 라틴어다)'이다. '포커페이스 2004', '내

두개골에 박힌 열일곱번째 못 2005', '어둠 속의 총 한 발 2006', '교황 2008' 등 그가 만든 와인의 이름과, 미국 현대 미술을 연상시키는 와인 레이블에서 느껴지듯 그는 와인메이커라기보다는 와인 크리에이터, 와인 철학자이다. 그런 그가 자연을 만든 신에 맞서 인간의 힘으로 만든 진보적이고 예술적인 와인이기에 사람들은 씨네쿼넌에 열광한다.

다른 하나는 이탈리아 토스카나에서 보르도보다 더 보르도다운 블렌딩의 와인을 만드는 괴물양조자, 안드레아 프랑케티의 '레 쿠폴레'이다. 씨네쿼넌은 워낙 작은 생산량과 치솟는 가격으로 접하기 어렵지만 레 쿠폴레는 토스카나의 슈발 블랑이라 불리는 '테누타 디 트리노로'의 세컨와인이기에 어렵지 않게 즐길 수 있다. 부드러운 포도 품종인 카베르네 프랑과 달콤한 메를로가 조화를 이루어 부드럽고 과실 향이 가득하다. 그런데 그런 아름다움에서 담배 향이 피어난다. 레드 레이블에는 하얀 백조가 머물고 있다. 마실 때마다 떠오른다. 우아하고 풍요로우나 나직하고, 고독하고, 불온한 보라색의 맛! 그래서 레 쿠폴레는 술로 만나는 나의 데미안이다.

* 잡지 『HEREN』의 최은석 글 〈괴팍한 천재의 와인〉 참조

거품

젊은 한때, 연대 앞의 '거품'이라는 술집을 자주 다녔다. 지금은 거품 9까지 있는 바이지만, 그 당시는 거품 1과 거품 2가 있고, 맥주를 주로 팔았고, '거품'이라는 상호와 맥주 한 병이 다 채워지는 커다란 술잔이 좋아 자주 찾았다. 나랑 많은 것이 달랐던 회사 친구와 창가에 나란히 앉아 미래에 대해 이야기했다. 꿈을 이야기할 때, 그 친구는 앞을 바라보는 사람이었고, 나는 뒤돌아보는 사람이었다. 지금 그 친구는 파리에서 느긋한 프랑스인을 고단하게 하며, 한국 여자의 당참을 보여주며 살고 있다. 가끔은 맥주 거품과 꿈의 거품이 가득했던 그 시절이 그립다.

좋아하는 단어 중의 하나가 '거품'이다. 거품은 액체가 기체를 머금어서 생긴 방울인데, 다른 물성으로 바뀌거나 또다른 물성을 만들어낸다는 것은, 물질이 보여주는 최상급의 기쁨, 성취, 두근거림, 천진난만함이라 생각하기 때문이다.

국수를 삶을 때 나는 거품을 좋아한다. 물이 끓고 국수를 넣으면 하얀 거품이 인다. 그 거품 속에서 소금기가 묻어나는 국수 냄새가 난다. 찬물을 붓는다. 거품은 사라지나 얼마 지나지 않아 다시 거품이 일어난다. 보통은 찬물을 한 번 붓지만 우리집은 두 번 붓는다. 씹는 맛이 더 있는 국수가 만들어진다.

달걀흰자가 만들어내는 거품은 신비롭다. 거품기로 상하좌우 아주 빠른 속도로 저어주면 찐득한 액체에서 카푸치노처럼 새하얗고 부드러운 거품이 생긴다. 달걀흰자 안에 기체가 숨어 있었던 것이다.

바다가 만들어내는 거품, 포말을 좋아한다. 파도가 물고 오는 거품에는 바다 건너 세상 이야기의 단서가 담겨 있고, 그 이야기를 따라가고 싶다. 그래서 바다에 가면, 해 질 무렵 의자를 빌려 모래사장 위에 깊게 박고, 그 의자에 앉아 낚시꾼이 무언가를 낚듯 거품을 내내 지켜본다. 그러나 아무것도 낚지 못하고 돌아오는 길, 모래사장 위에 이야기를 적는다. 곧 지워달라는 당부와 함께 말이다.

술

거품이 있는 술을 좋아한다. 맥주의 거품이 좋아 맥주를 거칠게 따르고, 마시는 내내 기포가 올라오는 스파클링와인에 마음을 뺏기고, 소주와 맥주를 섞어 젓가락으로 강하게 쳤을 때 생기는 기포와 거품에 아이처럼 박수를 친다. 거품이 있는 술은 한여름의 크리스마스 같아, 보는 것만으로도 기분이 좋다.

75퍼센트의 물로 만들어진 사람도 액체이기에 거품이 만들어진다. 마라토너, 사랑을 하는 남녀, 어려운 수학문제를 푸는 학생, 꿈을 이야기하는 사람에게서 거품을 본다. 거품은 사람을 행복하게 하고, 감사하게 하는 원동력이자 보상이다. 거품을 만들어내지 못하면 빛남도 설렘도 없다.

거품으로 빛나는 사람을 보게 되면 나도 거품을 만들어내고 싶어 스스로를 휘젓기도 하고, 그늘 없는 뜨거운 대지로 내몰기도 하고, 존재를 다 걸라고 협박을 하기도 한다. 그러나 전력을 다하지 않으면 거품은 생기지 않는다. 거품은 쉽게 만들어지지 않는다. 거품이 일 듯 말 듯하다 주저앉게 되면 안쓰러운 그림자가 생긴다. 그럴 때는 거품이 있는 술을 찾는다. 나를 가릴 수 있을 만큼 거품을 마셔 그 뒤에 숨는다.

"그래도 애썼어……."

백치미 남매

'자연인 모임'에서 유독 앙숙이거나 유독 단짝인 관계가 있다. 맨정신에서는 그 관계도가 드러나지 않지만 술자리가 길어지면 명확히 밝혀진다. 내 단짝은 '바람'이다. 한 살 차이이지만, 꼬박꼬박 나를 다정하게 누나라고 부르는 바람······. 1990년대 여학생들의 로망이었던 손지창, 김민종의 '더블루' 직장인 버전으로 양복에 배낭을 메고 다녔던 바람. 당당한 체격과 연예인 비스무리한 얼굴, 아들 셋의 막내로 거친 형들을 겪으면서도 순진한 바람이 언제부터인지 동생 같았다. 그리고 누나를 주변의 위험으로부터 지키려는 마음을 본 날부터는 진짜 동생이 되었다. 사람들은 우리 둘을 '백치 남매'라 부르고, 우리는 우리를 '백치美 남매'라 한다.

결

우선 둘이 술을 제일 좋아한다. 특히 와인을 좋아한다. 한때, 삼청동 와인 바 '까브'를 자주 다녔고, 까브 사장님과 바람의 외모가 닮아 서비스 안주 혜택을 많이 받았다.

심지어 까브 사장님은 바람의 결혼식날 가족과 함께 성당을 찾아주었다. 좋아하는 것을 같이 제대로 공부하자고 와인스쿨에 등록, 나는 공부를 마쳤고 바람은 일에 쫓겨 포기했다.

우리 둘은 술이 약하다. 그러나 끝까지 술자리를 지키고, 남보다 빨리 어김없이 취한다. 어김없이 어리석어진다. 바람이 결혼을 위해 애쓰던 시절, 새로운 여자가 다 좋은데 굵은 다리가 너무 거슬려 더이상 만나지 못하겠다는 솔직하지만 유치한 속내를 이야기했다. 기억을 못해서 다행이지, 나는 바람보다 몇 배의 유치한 속내를 이야기했을 것이다.

평상시 말이 많지 않은 바람과 내가 술에 취하면 말이 트이나, 서로 주고받는 대화가 아닌 과거 어디이거나 미래 어디쯤을 헤매는 술주정을 사이좋게 진지하게 하니 우리가 백치 남매인 것이다. 그러나 다른 자연인들은 인정하지 않지만 우리 둘은 모임에서 가장 순수하다. 가장 착하다.

바람은 그림과 음악을 좋아하고, 나는 책과 시를 좋아한다. 우리는 세상은 아름다워야 한다고 집착한다. 그래서 우리가 백치美 남매인 것이다.

술과 아름다움을 따라 걸으며 바람과 나는 사십대 중반이 되었다. 바람은 착한 마음씨 덕분에 굵은 다리의 여자가 아닌 학교 내 삼대 얼짱이었던 현명한 아내를 만났고, 지금은 이쁜 세류와 장난기 가득한 미류, 두 딸의 아빠이다. 이제는 남자들 틈바구니가 아니라 여자들 틈바구니에서 살고 있다.

나는 누나니까 바람이 거친 산과 흐름이 빠른 강물, 알 수 없는 기류 속에서 헤매지 않고, 깊은 웅덩이에 갇히지 않고, 바람길을 잘 찾아가길 지켜본다. 백치로 살아가도 나쁘지 않은 세상이 되길 희망한다.

몇 년 전 의젓하게 동영상 광고의 원더랜드를 만드는 회사를 차린 바람이, 최근 우리 팀 일을 하고 있다. 내가 일을 부탁한 것이 아니라 바람을 모르는 제작팀 팀장이 바람을 찾은 것이다. 회사를 잘 꾸려가는 것 같다. 일이 조만간 끝난다. 어김없이 바람은 말할 것이다. "누나! 일 끝나면 마셔야지?" 어김없이 나는 말할 것이다. "당연하지!"

내가 할 수 있는 것은 '백치美 남매'에게 어울리는 아름다운 부르고뉴 와인을 들고 가는 것이다. 섬세하고, 우아하고, 고혹적인 딸기와 체리, 장미의 향연을 만날 것이다. 산타페에서 그림 같은 세상에 행복하다고 전화했던 백치 동생의 마음에도, 나파 밸리에서 시 같은 술 때문에 행복하다고 전화했던 백치 누나의 마음에도, 아름다운 바람이 부는 밤이 될 것이다.

——

쓴맛의 감수성

평균연령 65세를 넘는 우리집의 여름상에는 고들빼기김치,
갓김치, 곰취절임, 고로메튀김 등 씁쓸한 맛의 음식이 자주
오른다. 입맛을 잃기 쉬운 여름, 달고 기름진 것 대신, 혀를
자극하는 짭짤하고 쌉싸래한 맛으로 입맛을 살리는 것이다.
감칠맛이라는 목표 지점을 가진 음식을 만들면서 곤혹스러
울 때는 식자재 속에 숨겨진 쓴맛이 드러날 때이다. 음식이
쓰다는 것은 대부분 맛이 없다는 것을 뜻하기에 맛있는 음식
이 되기 위해서는 쓴맛을 달래고, 숨겨야 한다. 고들빼기, 씀
바귀처럼 전면에 쓰다는 것을 드러내는 식자재 또한 쓴맛 그
대로여서는 안 된다. 찹쌀풀, 액젓, 매실 같은 숨은 조연들을
통해 쓴맛 아래에 감칠맛을 내비쳐야 한다.

어렵다! 그래서 자주 절망하는 것이 음식을 만들 때이다. 나는 몸으로 요리를 깨치기 전에 머리로 요리를 배워, 내가 먹는 끼니 정도로는 봐줄 수 있어도 음식으로 사람을 행복하게 할 수 없을 것 같아 자주 암담하다. 쓴맛을 다독이는 손맛의 부족이다.

맛에만 쓴맛이 있는 것이 아니라 삶에도 쓴맛이 머문다. 살아오며 만든 나의 지평선은 제주의 오름처럼 굴곡이 없어 보이지만, 많은 쓴맛 가루가 휘날렸다. 삶 어느 지점을 가더라도 켜켜이 쌓여 있다.

고등학교 시절, 자율학습을 땡땡이치고 고등학생 관람불가의 〈마타하리〉를 보다 걸린 날, 가가멜 학년 주임은 유독 나만 더 개망신을 주었다. 길고 길었던 훈계 속에 이를 악물었던 것은 그날의 교무실에서의 망신 때문이 아니라 학년 내내 느껴지던 나에 대한 학년 주임의 알 수 없는 미움 때문이었다. 미움에 익숙하지 않았던 나를 냉대하고 예의 주시하는 학년 주임은 무난했던 삶에 처음 만나는 얼음판이었고, 내 거짓과 가식을 다 보아낼 것 같은 눈빛에 불편하고, 불안했다. 학년 주임 담당인 영어와 점점 멀어졌고, 사랑보다 미움의 주먹이 더 강력하고, 사람을 어떻게 흔들리게 하는지 알았다.

새로운 클라이언트를 개발하기 위해 한 달 넘게 수십 명의 사람들이 고생한 수많은 프로젝트의 실패도, 개인적인 일이라면 피하거나 결코 당하지 않았을 굴욕을 묵묵히 받아들였던 클라이언트가 어이없이 떠날 때도, 입안에 쓴 기운이 오래 감돌았다. 중학교, 고등학교 육 년을 함께 다니며 내가 늘 자신의 버팀목이라 하던 친구가 대학에서 결혼에서 점점 망가져 껍데기만 남았다. 그 모습 그 하소연이 길어지고, 어느 순간 질려버려 연락을 끊었다. 나도 아팠던 나의 배신이었다. 급하거나 늦었던 사랑은 입을 떼고 싶지 않을 만큼 썼다.

술을 마실 수 있는 나이가 되어 쓴맛에도 단맛, 신맛, 매운맛, 담백한 맛이 깃들어 있고, 향기까지 함께할 수 있다는 것을, 술로부터 배웠다. 술의 알코올이 아닌 술의 맛을 통해 그간의 쓴맛을 이해할 수 있었다. 술꾼들은 보통 몸으로, 사람으로, 술자리의 분위기로 술을 마신다. 나는 술을 맛으로 순례한다. 산티아고 순례길을 순례자가 조가비 목걸이를 걸고 조가비 표식을 따라가듯, 아주 조금 더 예민한 혀를 가지고 술의 쓴맛 아래에 감추어진 표식을 찾아간다. 그 맛으로부터 배운다.

그 길에서 지난 쓴 기억들이 멀어지고, 아물었다. 미워했던 선생님이 있어 삶이 달지만은 않다는 것과 가급적 내 안에 미움을 두지 말아야 함을 배웠다. 실패를 통해 남의 실패에 다가갈 때는 며칠쯤 기다려주는 배려와 성급하기보다는 일어날 수 있는 발목의 힘이 생겼을 때 일어나야 함을 알았다. 회전목마처럼 모든 것은 꼭 한 번은 돌아오기에 그때를 놓치지 않고 미안함을 전해야 한다는 것을 눈치챘다.

그 길에서 술처럼 나의 떠남도 다채롭기를 희망한다. 단맛이 좋아도 단맛으로 가득한 술은 금방 질리게 된다. 아름다운 술일수록 풍요롭고 수많은 표정을 지닌다. 결코 질리지 않는다. 할 수 있다면 천 가지, 만 가지 맛이 나는 길을 다 돌아보고 싶다. 새로운 맛에 당황하기도 하고, 얼토당토않은 맛에 실망할 때도 있겠지만, 그 또한 술이고, 그 또한 길이다. 다만 취함을 경계할 것이다. 그 맛을, 그 풍경을 기억해야 하기 때문이다.

—

한상과 표상

피아노 원래 이름은 피아노포르테! 강과 약, 셈과 여림,
두 조화의 소리 한과 표처럼! 늘 한 목소리 감사!

한상, 貴네스 짱!

좋은 소식, HAPPY NEW HEAR!
이겼다는, 연봉 뛴다는, 연애한다는, 시집간다는……
일 년 내내.

사랑 해(반짝이는 해) 보세요!
음으로 양으로 생일 축.

곁

스스로를 달노래라 지칭하는 우리 회사 CD(크리에이티브 디렉터이자 제작이사)가 신년이나 생일날 보내주는 메시지이다. 직접 쓴 캘리그래피, 그림, 수제 직인까지 한사람의 작품이다. 그와는 일본 일을 통해 친해졌기에 일본인들이 부르는 호칭처럼 그를 표상(우리말로 표씨)이라 부른다.

표상은 오케스트라 같은 사람이다. 불문학 석사인데 카피라이터 출신답게 명확한 한글에, 영어, 어설픈 일어까지 구사하고, 음악 감상과 오디오 마니아 취미에 걸맞게 클래식과 재즈, 가요, 판소리까지 그 박학다식은 음악평론가 강현과 절친인 것이 부끄럽지 않을 수준이다.

손재주도 뛰어나 우리 회사 광고 카피에 쓰이는 손글씨 '표체'의 저작권자이자, 부인보다 본인의 손맛이 월등히 탁월함을 일찍 간파, 신혼초부터 요리 담당이었기에 현미백숙부터 라타투이까지 뚝딱이다. 글 잘 쓰는 사람은 보통 말이 어눌하기도 한데, 이성과 감성을 넘나드는 글발에 시니컬하면서도 유머 있는 강의로 여대생들을 팬으로 만들고(시험 시간에 음악을 틀어준다고 한다), 클라이언트 프리젠테이션 자리에서 설득을 넘어 감동을 만들기도 한다. 사진도 몇 번의 레슨으로 포토그래퍼를 놀라게 하기도 하고, 회사 야구팀을 맡고 있다. 뭔가를 했다 하면 그 실체를 빨리 간파하고, 어떻게 잘할 수 있는지 금방 습득하는 통찰력의 소유자이기에 스스로가 오케스트라 지휘자이면서 오케스트라 단원이다.

그러나 표상은 완벽한 인격체는 아니다. 잘남을 숨기지 못하기에 주변의 시기와 모함도 있고, 끝을 파는 장인정신이 함께 일하는 사람을 버겁게도 한다. 강한 주장과 타협하지 않음이 오만과 편견으로 비추어져 욕을 먹고, 표상과 싸우는 기획팀과 표상 앞에서 기가 죽거나 우는 제작 친구들을 많이 보았다. 그런 표상과 회사에서 미스터리한 관계가 나다. 표상과 싸우지 않는 수준을 넘어 하모니를 만들어낸다.

표상과 나는 같은 회사를 오래 다녔지만, 일로는 인연이 없었다. 그저 인사 정도만 나누다 2010년 여행이란 일 앞에서 평판이 아니라 사람으로 알게 되었다.

100억 원이 넘는 예산을 들여 진행하는 일본관광청 캠페인은 한국의 이십대 남자, 이십대 여자, 삼십대 여자에게 새로운 일본을 보여주자는 과제에서 시작되었다. 스시, 온천, 쇼핑으로만 연상되는 다채롭지 못했던 일본에 풍부한 표정을 입혀야 했기에 나의 기획팀은 일본대행사에서 보내준 여행 책자와 팀원들과 그간 여행했던 일본을 총동원하여 불을 지피고, 표상의 제작팀은 밥을 안쳤다. 그렇게 나온 것이 〈J-Route24〉이다. 발랄한 호기심, 이십대의 감성이 좋아갈 루트 여덟 개, 꿈틀거리는 모험심을 가진 이십대의 열정이 만날 루트 여덟 개, 예술과 휴식을 기반으로 삼십대의 여유가 누릴 루트 여덟 개, 총 스물네 개의 여행루트를 만들었다. 여행의 지도를 만든 것이다. 그리고 스물네 개의 루트를 알리는 TV광고, 인쇄광고, 옥외광고, 〈무한도전〉과 같은 TV프로그램, PR기사, 참여형 이벤트 등 전방위적인 캠페인이 만들어졌다.

그것은 한국 광고 수준을 일본보다 한 수 낮게 본 일본 파트너사를 놀라게 했고, 우리의 제안은 수정 없이 그대로 집행되었다. 잦은 일본 출장, 수를 헤아릴 수 없는 텔레컨퍼런스, 매일매일 밤을 새워도 일이 끝나지 않았다. 표상은 TV광고 촬영을 위해 홋카이도 최북단의 유빙을 볼 수 있는 아바시리부터 아사히야마 동물원, 가가와 현 사누끼 우동, 나오시마까지 일본의 곳곳을 돌았고, 나도 일부를 함께했다.

나보다 열 배는 술을 잘 마시는 술꾼, 표상과는 일본에서 참 많이도 마셨다. 회의와 촬영으로 채 다섯 시간도 자기 어려운데 그 시간을 쪼개 마셨다. 새벽 두시에 들어간 긴자 호텔에서 새벽 다섯시에 일어나 츠키지시장에 가서 스시와 사케를 먹고, 다카마츠 상점가에서 사케를 자정까지 마시고, 호텔 로비에서 새벽까지 맥주를 마셨다. 롯폰기에서는 자다 깨다를 반복하며 아침까지 마셨다. 아침마다 흑마늘로 건강을 챙긴다는 표상과 마시며 생긴 것은 동지애였고, 잃은 것은 좋은 피부였다. 일과 술로 절대 신뢰를 쌓아가며 우리는 장소팔,

고춘자처럼 '표상 한상 세트'가 되고, 회사로부터 큰돈의 격려금까지 받았다. 신기하게도 다툴 일이 없었다. 해결해야 할 문제들의 솔루션이 같은 방향이었다.

동일본 지진으로 일본관광청 캠페인이 축소되고, 뒤를 이어 함께한 것은 듀오 경쟁 프리젠테이션이다. 시집 못 간 삼십대 여자 두 명, 사십대 여자 한 명이 있는 우리 팀 여자들을 듀오 무료 가입으로 시집보내보겠다고 표상이 심혈을 기울였다. 만남과 결혼에 대한 수많은 논쟁을 통해 커피소년의 〈장가갈 수 있을까〉처럼 결혼에 대한 절절한 마음이 깃든 음악 같은 TV광고와 연애와 결혼 비법을 담은 '듀오 사용설명서'를 만들었다. 클라이언트를 감동시켰으나, 이런저런 뒷사정으로 광고와 책자를 만들지는 못했다. 듀오를 준비하면서도 술이었다. 홍대 막걸릿집, 고깃집, 맥줏집을 순례하며 마셨다.

라벨에 두 남자의 일러스트가 그려진 와인이 있다. 미국 와인, 오퍼스 원(OPUS ONE)이다. 프랑스 명품와인 생산자 로쉴드와 미국 와인 생산자 몬다비의 열정이 만나 빚은 빛나는 와인이다.

이제 나는 사업을 진척시켜볼 준비가 되었고 남작도 마찬가지이다. 두 시간도 안 되어 역사적인 합작 사업에 대한 구상과 틀을 잡았다. 우리는 정신에서나 품질에서나 최고로 우뚝 설 수 있는 와인을 만들자는 한 가지 목표를 갖고서 50 대 50의 합작 사업을 하기로 동의했다. 사업 구상은 보르도와 캘리포니아에서 최고의 재료와 노하우를 취사선택하여 우리들의 서로 다른 문화와 전통을 함께 잘 결합해 '병에 든 시'라고 부를 수 있을 정도의 뛰어난 와인을 만들어보자는 것이다.

_로버트 몬다비, 『와인의 달인, 로버트 몬다비』 중에서

이들이 오퍼스 원을 만들어내는 마음을 모은 것은 두 시간 정도밖에 걸리지 않았지만, 오퍼스 원은 이들의 평생이 담긴 작품이 되었다. 표상과 나는 조금 더 지나면 광고를 만드는 실무가 아니라 리뷰하거나 관리하는 일을 하게 될 것이다. 얼마 남지 않은 올해나 내년에는 다시 표상과 일하고 싶다. 늦기 전에 인디언 서머 같은 마음과 열정을 합쳐 '광고에 든 시'를 표상과 만들고 싶다. 기다리고 있다.

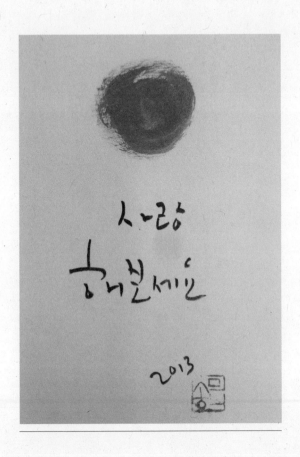

—

잠들다

빛과 그림자가 가장 아름답게 만나는 곳이지요. 온도가 낮
아져도 그 서늘함이 다정하게 느껴지는 곳이지요. 습도가
높아도 숨이 더 잘 쉬어지는 곳이지요. 바람은 부는 것이
아니라 머무는 것이라고 알게 되는 곳이지요. 나이들수록
더 많이 반짝이는 곳이지요.

물이 순해지고, 바위가 물의 씨앗으로 이끼를 피우는 곳이
지요. 다람쥐가 땅속으로 파고들지 못한 나무의 씨앗을 묻
어주는 곳이지요. 크고 작음이 한 치의 오차도 없이 자신
의 자리를 찾아가는 곳이지요. 땅속에 또하나의 세계가 아
무도 찾을 수 없는 유적지를 만들고 있는 곳이지요. 계절
은 더 빨리 오고 세월은 더디게 오는 곳이지요. 소리가 들

곁

리는 것이 아니라 뿌리를 내리는 곳이지요. 땅내음, 풀내음, 물내음이…… 꽃내음, 나무 내음, 바람 내음. 하늘 내음, 빛내음, 별내음, 달내음이 키를 맞추어 따로 또 같이 만나고 헤어지는 곳이지요. 천 가지의 우화가 빚어지는 곳이지요. 무엇보다 나무가 주인공인 곳이지요.

_ 어느 여행길 숲에서의 단상

가장 맑게 웃을 수 있는, 가장 낮게 울 수 있는, 온 발이 부르트도록 헤매도 아프지 않은 숲이다. 6개 외국어를 하는 사람보다 졸참나무, 갈참나무, 상수리나무, 굴참나무, 신갈나무, 떡갈나무 6종의 참나무를 아는 사람과 살고 싶은 곳이다. 전생은 나무꾼으로, 지금의 생은 나무꾼의 업보를 갚으며 고단한 사람으로, 다음 생은 나무로 살고 싶은 사람의 시작점이자 끝이다. 수목장을 부탁하는 엄마처럼 세상에서 사라질 때, 서 있고 싶은 곳이다.

악마의 정원으로 불리우는 플리트비체는 너도밤나무, 전나무, 삼나무, 가리비나무, 단풍나무로 빽빽하다. 그 속에서 폭포와 호수와 동굴의 길들이 열린다. 층층계단을 이루고 있는 열여섯 개 호수의 절경보다도 숨을 멈추게 한 것은 속이 훤히 들여다보이는 에메랄드빛 호수 속의 나무 시체들이다. 수초와 물고기들이 움직이는 호수 속에 수많은 나무들이 잠들어 있다. 한때 나아갈 길을 가르쳐주었던 나무를 잊지 못한 바람이 진혼곡을 부른다. 수많은 나뭇잎들이 날아와 나무 시체를 덮는다. 이제 이것으로 충분하다고 나무는 나무로 산 기억을 지운다.

자전거를 타고 자작나무와 낙엽송이 즐비한 가루이자와 숲을 달리다 일본 문인들이 예술을 논했다는 '고원교회'와 무교회(無敎會)를 이야기하는 '돌의 교회'에서 멈춘다. 천장은 눈부시게 파란 하늘이고, 벽에는 별이 박혀 있고, 바닥은 푸른 들판이고, 악기는 소나무 우듬지, 교단은 산의 뿌리, 설교자는 신 그 자신이라는 교회. 그것이 무교회 신자의 교회이고, 그 사람 자신이 바로 훌륭한 교회라고 말하는 돌의 교회에서 오히려 개념은 버린다.

그저 돌과 빛으로 빚은, 넋을 놓게 하는 교회의 안과 밖을 바라본다. 하나님은 자연을 그저 있으라 하셨다. 숲도 교회이고, 바람도 교회이고, 하늘도 교회인 그곳에서 그저 있다 가고 싶다.

이름만으로 그림이 그려지는 채석강, 곰소항을 거쳐 내소사를 찾는다. 다 버리고 버려 아무것도 섞이지 않은 고고한 전나무 숲길은 왜 버려야 하는지를, 스스로 몸을 휘어 가벼워진 대웅보전의 팔작지붕과 색을 버려 깊이가 된 연꽃, 국화, 해바라기의 꽃살문은 왜 아름다워야 하는지를 알려주는 스승이다. 경한 스님은 "내 몸은 본래 없었고 마음 또한 머문 곳 없으니 태워서 흩어버리고 시주의 땅을 차지하지 말라" 하시지만 떠나도 머물게 되고, 마음으로 차지하는 곳이다.

언젠가 떠나는 날이 올 것이다. 플리트비체로, 가루이자와로 갈 수는 없을 것이고, 내소사 전나무 숲길의 나무 속에서 잠들었으면 좋겠다는 욕심 하나는 버리지 못하겠다. 그리고 내가 그리운 누군가 있어, 그 숲길에 오거든 눈물 대신 술을 부어주었으면 좋겠다.

밥상을 차리다

3월말 4월초 회사는 소용돌이에 휩싸인다. 고과 성적표가 배포되고, 팀장과 팀원의 면담, 동료 간의 수군거림, 침통한 표정의 임원들. 모두의 자리가 버거워진다. 그러다 몇 자리가 비워진다.

팀의 성과가 좋아 팀원 모두가 만족할 수 있는 연봉과 승진승급이 되는 해도 있지만, 그렇지 못한 해가 사실 더 많다. 오래전 한 팀원을 떠나보냈다. 상아는 신입사원으로 나와 만났고, 처음 팀을 꾸릴 때도 따라와준 팀원이다. 육 년을 함께하며 누구보다 믿음직하게 일을 해주고, 힘들어도 내색하지 않고, 때로는 속깊은 친구가 되어 개인적 고민과 상처를 부둥켜안고 울었다.

그녀를 보낼 때, 가난해서 자식을 입양 보내는 엄마의 마음을
아주 조금은 알 것 같았다. 내가 배불리 먹일 수 없어, 내 옆
에 있는 것보다 다른 집으로 보내는 것이 해줄 수 있는 최선
인 것 같아 보내는 마음. 그간 좋은 기회가 있었을 때, 진작
보내주었어야 했는데…… 너무 이뻐서, 내가 편해서, 보내주
지를 못했다. 더 성장할 수 있는 집을 정신 차리고 함께 찾는
것이 그때의 최선이었다.

자괴감, 초라함, 미안함.

물론 가족 같았던 팀원, 상아를 계속 지켜볼 것이고, 잘 자라
고 있는지, 밥은 제대로 먹는지 챙기고, 팀장과 팀원이 아닌
또다른 관계로 이후로도 함께일 거라는 것을 알고 있었다.

회사를 다니면서 수많은 만남과 헤어짐이 있었다. 그리고 소
중한 사람과는 헤어져도 함께였다. 그런데 그때는 그 어느 때
보다 힘들게 느껴졌다. 우리는 많은 것을 공유했고, 가족보다
더 자주 밥을 먹는 식구였다.

상아는 임신을 했는데 날짜를 따져보니 임신 시기가 감기약
도 먹고 술을 많이 마신 크리스마스 휴가였다고 했다. 아기가
잘못 되었을까 걱정되어 아기를 지우는 것을 고민고민하다
생명이기에 지울 수 없다고 말했다. 나는 상아의 아기가 잘못
되어도 그 짐을 지고 가겠다고 했을 때도 울었고, 얼른 출산
휴가를 가라 해도 일을 마무리하겠다고 버티다 일이 끝난 날

퇴근길에 진통이 와 아기 낳으러 간다고 씩씩하게 전화했을 때도, 너무 미안해서 울었다. 그렇게 상아는 최악에서도 희망을 보는 사람이었다.

상아를 보내며 바랐던 것은 그 일로 생채기가 남지 않기를. 남보다 늘 잘 달려온 레이스에서 처음 만난 돌부리에 넘어진 것을 그냥 웃으며 넘기기를. 길을 살펴 더 잘 달릴 수 있는 계기였음을 빨리 깨닫기를. 그 누구보다 잘 달릴 수 있는 뛰어난 레이서임을 잊지 않기를…….

상아가 새로운 자리를 찾고 떠나기까지 채 한 달도 걸리지 않을 그 시간 동안 내가 해줄 수 있는 것은 그동안이라도 배불리 먹이는 일이었다. 세상에서 먹는 일을 가장 중요하게 생각하고, 사랑은 맛있게 배불리 먹이는 일이라고 믿는 엄마 밑에서 365일 끼니를 꼬박꼬박 먹어온 나 또한 먹는 것으로 사랑을 하기 때문이다.

마지막 밥상은 그 어느 밥상보다 잘 차려주고 싶었다. 음식에 그 누구보다 호기심이 많았고, 무엇이든 잘 먹고, 먹는 모습이 이뻤던 친구이기에 더더욱 잊을 수 없는 정겹고 맛있는 밥상을 함께하고 싶었다.

둘만의 마지막 밥상은 일본 출장에서였다. 단새우와 닭날개구이, 도미구이와 된장 바른 야끼오니기리를 먹었다. 그리고 언제나처럼 술이 있었다. 사케 한 병과 고구마 소주 한

병……. 일본인들은 물에 타거나 얼음을 넣어서 천천히 마신
다는 알코올 도수 25도의 고구마 소주를 우리는 스트레이트
로 원샷이었다. 놀라움 가득한 주변의 눈길들이 느껴졌으나
우리의 이별주이기에 상관없었다. 그날도 아마 울었을 것이다.
상아는 내게 고구마 같은 사람이었다. 늘 따뜻한 기운이었
고, 처음 팀장이 되어 어설프고 힘든 그 시절을 맛있게 버티
게 해준 구황작물이었다. 그 크리스마스 베이비는 지금 초등
학생이 되었다. 상아를 닮아 햇빛 같다.

결

도쿄에서의 힐링

도쿄 출장이 잡혔다. 방사능에 대한 우려 때문에 지인들은 "물을 챙겨가라", "츠키지시장 새벽 스시집은 가지 마라", "맥주 마시지 마라"고 한마디씩들 거든다. 먹거리, 마실 거리 때문에 도쿄 가는 것이 즐거웠던 시절이 사라진다고 생각하니 아쉽다.

일본이라는 나라는 처음부터 잘못 끼워진 단추이고, 일본인들과 일을 한다는 것은 엄청난 인내와 디테일을 요구하지만, 도쿄는 나에게 특별한 곳이다. 도쿄가 특별해서가 아니라 밀물이 썰물로 바뀌고, 한낮이 저녁을 준비하는 가장 민감한 시기에 도쿄에 있었던 덕분에 특별해졌다. 여행자의 스침이 아니라 짧았지만 일상으로 살기도 하고, 일로 꾸준히 찾아

변하는 것, 변하지 않는 것을 보고 있기에 특별하다. 도쿄에서의 나는 거주자도 아니고, 이방인도 아닌 채 걷는다. 익숙하기도 하고 낯설기도 하다.

도쿄를 걷다보면 나는 늘 1994년으로 간다. 매주 한 번은 신주쿠 구민체육관에서 수영을 하고, 긴자에 몇 개의 건물로 나뉘어 있던 광고회사 덴츠의 도서관에서 자료를 보고, 도쿄지도를 보며 못 가본 동네를 구경 가고, 여성잡지에서 주관하는 공원바자회에 가서 그릇을 사고, 특별히 살 것도 없으면서 매일 장을 보러 다니고, 비디오 가게에 들러 드라마 비디오를 빌리고, 전차를 두 번 갈아타고 코엔지에 가서 일본식 패밀리레스토랑에서 일하며 번 돈으로 책과 중고CD를 사고, 술을 마시고, 도쿄 근교를 여행했던 1994년은 온통 '나'로 살았던 시절이다. 고등학교 시절 화장실조차 친구들과 함께 가던, 대학에 가서도 혼자 밥 먹고 혼자 영화 본다는 것은 엄두도 내지 못했던 내가 혼자의 로망을 알고, 모든 것을 혼자 했던 곳이다. 아무것도 결정되지 않았고, 무엇이든 새롭게 시작할 수 있었던 그 시절의 꿈, 마음, 감성을 그대로 두고 온 곳이다.

그래서 도쿄에 간다는 것은 복잡하고 바삐 움직이는 공간의 도쿄를 가는 것이 아니라, 내 인생 가장 느린 걸음으로 걸었던 1994년의 시간을 가는 것이다. 나의 힐링이다.

도쿄에 가면 맥주, 늘 생맥주를 마신다. 도쿄 어느 술집을 가도 거품을 정성스럽게 다룬다. 무라카미 하루키가 '블렌디드 위스키가 탄산수라면 싱글 몰트 위스키는 샴페인'이라고 했듯 병이나 캔맥주는 탄산수이고 생맥주는 샴페인이다. 가능하면 본연의 생맥주 맛을 이어가는 1934년에 만들어진 긴자 삿포로라이언비어홀에 간다. 그곳에서 에다마메(가지콩), 소시지와 함께 소복소복 내린 거품의 생맥주를 마시면 더이상 바라는 것이 없어진다. 술의 힐링이다.

최근에는 하이볼을 마신다. 하이볼은 소다를 탄 위스키로 위스키브랜드, 산토리가 위스키 수요 진작을 위해 만든 칵테일인데 스파클링위스키라 보면 될 듯하다. 위스키의 진지함은 땅에 조금 남겨두고, 하늘로 날아간 풍선 맛이다. 위스키 잔향이 오래 잡고 있어 손에 새겨진 풍선 줄마냥 혀의 기억으로 남는다.

광고인이라면 누구나 깊이와 정감이 절묘하게 결합된 산토리 위스키 광고를 좋아하는데, 2011년 동일본 지진 후 산토리는 일흔한 명의 광고모델을 동원해 위로의 노래를 불렀다. 〈올려다보렴, 밤하늘의 별을〉, 〈올려다보며 걷자, 눈물이 흘러내리지 않도록〉. 술 브랜드가 할 수 있는 멋진 위로였다.

이번 출장에서 나는 방사능이 녹아 있다 하더라도 생맥주와 하이볼을 마실 것이다. 독도, 위안부할머니, 전세계적으로 비

겉

난과 공분을 사고 있는 아베 총리 등 함께 가기에는 너무 멀어지고 있는 일본이지만, 일하며 친구가 된 세키네상, 야마모토상, 이와오카상은 여전히 도쿄에서 일하고 먹고 마신다. 나는 친구이기에 함께 마신다. 도쿄에 가서 마시지 않고 돌아온다면 맥주의 맛을 알려주었던 1994년의 도쿄가 많이 섭섭해할 것이다.

—

과부 클리코

언어가 재미있는 것은, 같은 것을 뜻하는 단어임에도 다른 이
미지의 집을 짓는다는 것이다.

과부(寡婦)와 미망인(未亡人). 과부라 하면 인생에 닥친 불운
에 슬퍼할 겨를도 없이 헤쳐가야 할 많은 일들 앞에서 시련
따위는 올 테면 오라는 당당함으로 맞서는 거센 여자가 그려
지고, 미망인은 검은 레이스 상복을 입고 지난 기억에서 헤어
나지 못한 채 하염없이 슬퍼하지만 조만간 새로운 남자에게
기대는 가녀린 여자가 그려진다. 한문을 찾아보니 더 명확해
진다. 과부는 적을 과, 며느리 부로 집안에 의지할 사람이 적
은 여자이고, 미망인은 아닐 미, 망할 망, 사람 인으로 남편과
함께 죽어야 하는데 아직 죽지 못하고 있는 사람이다. 말 그

곁

대로 남편을 따라가거나, 새로운 남편을 만나 살아야 하는 여자이다. 과부는 여자가 주체인 관점의 단어이고, 미망인은 남자가 주체인 관점의 단어라는 점에서도 같은 것을 뜻하지만 참 다르다.

세계사에 또 한국사에 미망인이 아니라 과부여서 대장부 못지않게 위대했던 여자들이 많은데, 샴페인 역사에도 한 획을 그은 과부가 있다. 바브 니콜 퐁사르당! 뵈브 클리코를 만들었고, 마담 클리코로 불리운다.

마담 클리코는 1777년 자유롭고, 위트 있는 가문에서 태어났다. 예쁘지는 않다. 고집 센 얼굴에 큼직한 체구, 프랑스 여자치고 눈도 작고 투박하다. 좋게 말해 여장부 스타일이다.

1798년 샹파뉴 지방의 와인업자와 결혼했지만 1805년 남편은 무책임하게도 세상을 떠난다. 남편이 떠나니 기댈 곳이 없다. 수만 그루의 포도나무도, 남편 밑에서 일하는 사람들도 다 그녀만을 바라본다. 정신이 번쩍 든다. 다행히 남편과 살면서 춥고 습하며, 비 오는 날이 2백여 일에 이르는 기후와 미네랄이 풍부한 토양의 랭스도 지켜봤다. 더 좋은 샴페인을 만들어낼 수 있지 않을까 하는 의구심과 호기심이 머리에 가득했고, 남편이 만들던 샴페인이라는 것에 인생을 걸어도 괜찮을 매력이 느껴졌다. 남편과는 짧았지만, 샴페인과는 오래 함께하리라 믿고, 용기를 낸다. 할 수 있다.

열정 넘쳤던 마담 클리코는 와인메이커이자 비즈니스우먼이 되어 클리코 집안을 이끌어간다. 샴페인 제조에 없었던 새로운 시도들이 시작된다. 1차 발효와 2차 발효를 통해 탁해질 수밖에 없는 샴페인의 빛깔을 리들링 테이블(테이블에 구멍을 내고 발효중인 샴페인 병을 거꾸로 놓아두어 찌꺼기가 병목으로 모이도록 한 것)을 통해 맑게 거른다. 그녀의 샴페인이 인기를 끌자 가짜가 난무한다. 그래서 코르크 마개 밑에 그녀만의 문장을 새겨 넣어 가짜와 차이를 만든다. 당시 흰색 일색이던 샴페인 레이블과 명확히 다르게 보이도록 노란색 레이블을 사용한다. 뵈브 클리코만의 독점 시그니처 컬러를 만든 것이다.

리들링 테이블을 활용한 르뮤아주 기술, 문장이 새겨진 코르크, 옐로 레이블의 혁신보다 더 멋진 것은 그녀가 만든 뵈브 클리코의 맛이다. 사람들은 그녀의 샴페인을 이렇게 표현한다. '피노누아로 강렬한 맛의 뼈대를 세우고, 샤르도네로 우아하고 섬세한 살을 붙이고, 피노뫼니에로 생동감 넘치는 피를 더했다.' 마담 클리코는 아름다움을 만든 멋진 과부였다.

28년간 뵈브 클리코 하우스에서 샴페인 생산을 총괄하는 셀러마스터, 자크 페터스에게 샴페인을 정의하라고 하니, 기쁨(Joy), 기념(Celebration), 생활방식(Way of Life)이라 한다. 뵈브 클리코만큼 기품 있는 정의다.

과부였지만 성공의 아이콘인 마담 클리코가 만든 와인이기에 뵈브 클리코는 성공한 여자의 와인으로 언급되고, 일의 성공을 축하하는 자리에 함께한다. 그러나 나의 생각은 다르다. 그녀는 남편의 죽음으로 사랑과 일이 공존하는 기쁨을 누리지 못했다. 그 아쉬움, 속상함을 강렬함과 신선함이 조화를 이룬 완벽한 균형미의 샴페인을 만드는 데 쏟았던 것이다. 그래서 뵈브 클리코는 직장에서 일과 가정을 병행하기 위해 고군분투하면서도 자신의 세계라는 끈을 놓지 않는 동료이기도 하고, 후배이기도 한 직장맘들에게 따라주고 싶다. 뵈브 클리코의 버블이 피어오르는 그 시간만이라도 쉬어가라고, 즐기라고, 행복하라고 말이다.

곁

굿바이, 미스터 블랙

영국 군인 에드워드는 친구의 모함으로 약혼녀, 아버지와 그간 누렸던 모든 것을 잃고, 종신형을 선고받는다. 복수의 불길을 삭힐 수 없었던 그는 감옥 탈출을 위해 여동생을 닮은 순수한 여죄수 스와니와 결혼을 하고, 기품 있는 귀족 아트레이유의 도움으로 탈출에 성공한다. 그는 영국이 아닌 미국으로 가 남북전쟁에서 세운 공로로 복수의 칼을 얻어 영국으로 돌아온다.

돌아온 에드워드에겐 미움과 분노만이 이글거리고 이를 지켜보기 힘든 스와니는 그를 떠난다. 복수를 끝내고 약혼녀 마리로렌을 잡고 싶었으나 그를 위해 그를 모함한 친구와 결혼한 그녀였기에 그의 곁에 머물지 못한다.

모두를 떠나보내고, 복수의 허망함을 깨달은 에드워드는 재산, 명예 모든 것을 버린다. 만화의 마지막, 복수가 끝나기까지는 머리를 자르지 않겠다고 긴 검은 머리를 휘날렸던 에드워드, 미스터 블랙은 머리를 자르고 환히 웃으며 스와니를 찾아간다.

굿바이, 굿바이, 미스터 블랙.

아, 이건 이별이 아니다.

영원한 이별은 아닐 거야.

언젠가…… 다시…… The End.

중고등학교 시절 『수레바퀴 아래서』, 『데미안』, 『춘희 마농레스코』, 『카라마조프가의 형제들』보다 더 절절했던 것은 『유리가면』, 『불새의 늪』, 『우리는 길 잃은 작은 새를 보았다』, 『아르미안의 네 딸들』처럼 어두웠던 순정만화거나 김동화, 한승원의 낭만적인 순정만화들이었다. 그중에서도 『굿바이, 미스터 블랙』을 가장 애정했다. 공부하다 지겨워지면 순정만화 주인공의 얼굴 라인을 그렸다. 대학생이 되면 순정만화의 몇 페이지 정도는 내게도 펼쳐질 거라 기대했다.

대학생이 되어 시국과 학내 이슈의 집회가 수업보다 많았고, 내가 알지 못했던 삶들과 부딪히며 하나님은 공평하지 않을 수 있다는 것을 알았다. 순정만화의 세계도 끝났다. 그래도 마음 한켠에는 검은 머리와 깊은 눈빛의 미스터 블랙이 있었다. 그러나 어두운 사람은 어느 밤길 사라질 것 같아 겁이 났고, 눈빛에 세상이 담기지 않은 사람은 걸음을 종잡을 수 없었다. 결정적으로 나는 무조건적으로 기다려주는 스와니가 아니었다.

미스터 블랙은 그렇게 잊혀졌다. 그러나 새로운 술을 만나며, 미스터 블랙을 떠올렸고, 지금은 만화가 아닌 술, '미스터 블랙'을 마신다.

이탈리아에 '에스프레소 콘 비라'라고 라거맥주와 식힌 에스프레소를 섞는 비어프레소가 있는데, 이를 응용했다. 얼음을 서너 개 넣고, 에스프레소를 한 잔 붓고, 기네스 한 병을 따른다. 커피의 풍미가 어느새 기네스 거품 사이로 올라와 볶은 원두의 쓴쓸함과 구운 보리의 쌉쌀함이 어우러진다. 기네스에 좀더 지적인 내음이 생긴다. 한눈에 친해질 것을 알아보게 되는 동성 간의 만남이다. 떠나가는 마리 로렌을 바라보며 울지 못하는 미스터 블랙의 흐린 눈빛과 스와니를 향한 부드러운 눈빛이, 마시는 '미스터 블랙' 속에 공존한다. 이렇게 지나온 그 시절이 곁으로 온다.

—

국물이 끝내줘요

음식이란 식재료에 시간과 시즈닝과 데커레이션이 어우러져 만들어지는 이야기이다. 물론 신선한 재료를 이길 수 있는 요리법은 없겠지만, 음식은 만드는 이의 레시피를 악보 삼아 연주한다. 자주 하는 요리에 계량스푼 따위는 필요 없다. 눈대중과 한두 번의 간보기로 충분하다. 하지만 새로 시도하는 요리는 가급적 레시피의 재료와 순서와 양념의 양을 따라주는 것이 좋다.

대부분은 레시피를 지켜 만드는데 와인을 넣게 되는 요리, 특히 와인이 국물이 되는 요리의 와인 양은 내 맘대로이다. 나만을 위해 만든다면 술기운이 돌도록 과하게 넣을 때도 있고, 같이 먹는 사람을 배려해서 적당량을 넣기도 한다.

자주하는 '와인이 국물이 되는 요리 4종 세트'는 오이스터, 물레마리니예르(홍합찜), 봉골레스파게티, 조개술찜이다. 우선 이 모든 4종은 싱싱한 오이스터, 홍합, 모시조개, 바지락으로부터 시작된다. 싱싱하지 않다면 요리에 넣게 되는 모든 식자재와 양념이 쓸모없게 된다. 차라리 만들지 말아야 한다. 패류는 더욱 그러하다. 그 무엇으로도 만회가 되지 않는다.

껍데기째로의 오이스터에 올리브오일을 넣고 구워서 레몬즙을 뿌려 먹어도 좋지만, 생 오이스터에 레몬이나 라임즙을 뿌리고, 껍데기에 화이트와인을 가득 부어 후루룩 마시면…… 순간적으로 남아 있는 오이스터의 수를 세게 된다. 그만큼 맛있다. 도쿄나 샌프란시스코에 오이스터 바가 많은 것은 그만큼 좋아하는 사람이 많다는 것이다. 나파 밸리에 갔을 때, 로버트 몬다비 와이너리에서 샤르도네를 사고, 마트에서 오이스터를 샀다. 호텔방에서 오이스터 껍데기를 칼로 벌리려고 하는데 도저히 벌어지지가 않는다. 이십여 분을 끙끙거리다 호텔 밖으로 나갔다. 적절한 돌을 찾아 호텔 가로등 아래에서 호두를 깨듯 오이스터를 깼다. 야밤에 여자 둘이 돌을 들고 무언가를 열심히 깨고 있는 가관의 현장이었다. 와인을 부어서 먹지는 못하고, 오이스터 따로, 샤르도네 따로였지만 잊을 수 없는 추억이 되었다.

홍합찜은 가급적 생토마토와 양파, 마늘, 화이트와인을 많이 넣어 해장이 되는 시원한 국물을 만들고, 남은 국물로 스파게티나 리조또까지 해 먹을 수 있으면 더욱 좋다.

봉골레스파게티는 화이트와인과 모시조개 육수와 올리브오일의 균형이 중요하다. 자작한 봉골레스파게티의 맛에는 국물 3인방의 겸손이 요구된다. 누구 하나가 주연이 되려고 하면 그 드라마는 시청률 10퍼센트를 넘지 못한다.

조개술찜은 사케를 넣어도 되고, 화이트와인을 넣어도 된다. 매운 홍고추와 약간의 버터를 어떻게 다루느냐가 맛의 관건이다. 나는 조개술찜은 이름에도 술이 들어가기에 그 이름에 부끄럽지 않은 조개술찜을 만든다. 콸콸…….

굴이나 조개와 같은 패류와 함께 마시는 화이트와인으로는 미네랄 가득한 토양에서 자란 샤르도네 품종이나 샤르도네처럼 척박하고 돌이 많은 토양에서 자라고 꽃향기, 꿀내음, 풍부한 미네랄의 은은한 풍미를 지닌 리즐링도 좋다.

마시는 것이 아니라 요리 속에 넣는다면 요리용 화이트와인을 써도 되지만 이왕이면 샤르도네인 것이 좋다. 가장 좋은 것은 국물을 맛보고 국물이 끝내준다는 말 한마디와, 조개보다 국물이 먼저 매진되면 되는 것이다.

덧붙여 오이스터는 여름이, 홍합찜과 조개술찜은 겨울이 제격이다.

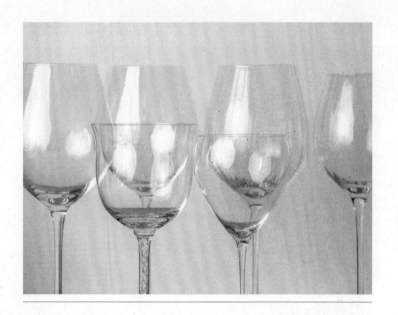

겉

—

음미하다

여행을 가면, 이른 아침 혼자 일어나 바다이든, 성곽이든, 숲
길이든, 도심이든 산책을 한다.

그렇게 음미하듯 걸으며 바둑기사가 대국 후 복기를 하듯 여
행길을 복기한다. 새벽 산책은 여행을 더 길게 늘리고자 하
는, 잊혀지고 바래질 수밖에 없는 여행의 기억을 조금 더 붙
잡고자 하는 나의 음미이다. 그 아침들을 통해 바닷가 안개
를 보았고, 숲길에서 이슬을 맞았고, 깨끗한 도심을 만드는
사람들을 만났다. 때로는 숙소 개들이 길을 안내해주기도 했
다. 밤길에서 만나는 사람은 두렵지만, 누구를 해칠 사람은
새벽길을 달리거나 걷지 않는다.

배고픔과 갈증의 시간도 많았지만, 음미의 시간이 있어서 사

는 일이 조금은 근사해졌다. 일에 쫓겨 끼니때를 놓치고, 휴일에도 풀리지 않는 일에 마음이 쏠려 쉬지 못했던 시기를 지나니 음미할 것도, 음미할 여유도 생겨 좋다. 여자로 일하고 싶지 않았기에 동료나 클라이언트의 속도에 맞추어 십오 분 안에 식사를 마치고, 벌컥벌컥 술 마시는 일도 이제는 지나가고, 나의 속도로 먹고 마실 수 있는 나이가 되니 좋다. 나이가 든다는 것은 체감하는 세월의 속도가 빨라지는 것이지만, 대신 음미할 수 있는 느린 걸음을 선물해준다. 그리고 음미는 대부분 섬세하거나, 진하거나, 깊거나, 잠잠해서 근사하다.

일상에서 가장 손쉽게 그러나 근사하게 음미하려면 에스프레소이다. 높은 증기압을 이용해 진한 커피를 25초 안에 뽑아낸다. 그 짧은 시간 내뿜는 강렬한 향은 에스프레소를 직접 만드는 사람만이 누릴 수 있는 특혜다. 에스프레소 상단의 브라운 거품 크레마, 크레마와 커피액이 소용돌이치는 중앙, 커피진액이 어둠처럼 내려앉은 하단은 각기 다른 빛과 맛이다. 그래서 에스프레소를 시각과 함께 즐기고 싶다면 투명한 잔을 준비해야 한다. 수많은 커피 품종이 있지만, 나는 신맛이 풍부한 이르가체페가 좋다. 누군가 첫사랑의 맛이라고 하는 이르가체페는 싱그런 젊음이 묻어나 좋다. 첫맛의 산미와 끝맛의 구수함까지 아주 천천히 마시다보면 실타래처럼 엉켜버려 답답하거나 조급했던 일에도 조금은 너그러워진다.

에스프레소처럼 스트레이트로 마시는 위스키를 음미하는 사람은 무척 근사하다. 위스키도 와인처럼 스모크 향, 과일 향, 꿀 향, 바닐라 향 등을 담고 있다. 위스키를 잘 음미하기 위해서는 20도의 실온에서 스트레이트로 한 모금씩 한 모금씩 아주 천천히 마시는 것이 좋다. 더 멋지게 음미하려면 위스키를 위해 태어난 얼음이라고 하는 탁구공보다 조금 큰 사이즈의 싱글볼과 함께 즐기는 것이 좋다. 일반 큐브 얼음에 비해 20배 이상 천천히 녹으며 위스키 본연의 맛과 향을 깨운다. 유리잔에서 투명한 심장이 녹으며, 뜨거워 손댈 수 없었던 위스키의 상흔을 어루만지는 것이다. 싱글볼이 다 녹는 시간까지 기다려줄 수 있다는 것은 가장 멀리 있는 나를 조금은 볼 수 있다는 것이다. 음미한다는 것은 통장 잔고보다 마음 잔고, 시간 잔고가 많은 부자가 누리는 삶의 방식이다.

성공한 사람들처럼 달려왔다고는 하지 못하겠지만 늘 걸음이 급했다. 아침에 샤워를 하며 해야 할 일의 숫자와 순서를 떠올렸다. 그런 시간들과 함께 젊음은 사라졌다. 젊다는 것이 그 자체로 얼마나 빛나는 것인지 충분히 알게 되었지만 일상을 음미할 수 있는 조금의 여유가 생긴 지금도 좋다. Begin이 아니어도 Again으로 할 수 있는 것이 있다.

곁

취생몽사

자그레브의 아침은 안개가 자욱하다. 어느덧 와버린 가을은 차가운 공기로 이제 빛나는 태양의 시절이 갔다고 이야기한다. 그러나 안개가 사라진 낮은, 남은 햇빛으로 아직은 괜찮다고 한다. 마흔 살의 나 같다. 그래서 자그레브가 좋다.

미로고이 묘지에서 삶이 자아내는 아름다운 풍경이 있듯 죽음이 자아내는 아름다운 풍경 또한 있음을 배운다. 그것은 이어지는 것, 추억하는 것…… 그냥 다 놓아주고, 잊고 자연의 한 자락으로 봄을 맞고, 가을을 맞고, 이어지는 사람들의 촛불과 꽃과 마음을 맞는 것이다. 죽음이 두렵지 않을 이유로 충분하다.

두브로브니크는 단조로운 풍경인데 시간마다 모습을 바꾼다.

화이트브라운의 성벽으로 둘러싸인 중세를 걷는 낮, 켜지는 등불에 형태는 사라지고 색채가 살아나는 해질녘, 흡사 비가 온 듯 반짝이는 대리석 보도와 짙은 푸른색 하늘, 밝은 달이 어우러진 세상에 존재하지 않는 동화 같은 밤, 파도와 바람이 두브로브니크 성을 지키는 말간 아침. 하루종일 보고 있어도 질리지 않는 아리아의 변주이다.

믈레트 섬에 다녀오는 길이다. 믈레트 섬에는 아무것도 없다. 그냥 산이, 그냥 호수가, 그냥 나무가, 그냥 노새가, 그냥 노인이 있을 뿐이다. 그냥 무심하다. 그 무심함이 아름답다. 많이 걷는다. 도시에서 걷는 것을 잃어버리고 있었다. 걷고 나니 잠이 달다.

'바람이 앞을 걸었다'라고 제목을 달고, 바람의 기척, 바람의 감촉, 바람의 눈물을 보고 왔다고 적은 2008년 10월의 여행 기록들이다. 대부분 그렇겠지만, 여행을 가면 작은 수첩을 들고 다니며, 풍경 앞에서 생각나는 것을 끄적거린다. 무언가를 분석하고 전략과 방향을 설계하고, 모두가 알아들을 수 있고, 오해의 여지가 없는 언어로 정리하고, 말해야 하는 일을 하고 있기에 일하는 나는 건조하다. 그나마 여행이 있어 물기가 생기고, 여행의 기록들은 그 길에 있기에 촉촉하고, 말랑하다.

영화 〈동사서독〉에서 피폐해져가는 구양봉(장국영 분)에게 친구 황약사(양가휘 분)가 말한다.

얼마 전에 어떤 여자가 술 한 병을 주었는데 술 이름이 취생몽사(醉生夢死)야. 마시면 지난 일을 모두 잊는다고 하더군. 난 그런 술이 있다는 게 믿어지질 않았어. 인간이 번뇌가 많은 까닭은 기억력 때문이란 말도 하더군. 잊을 수만 있다면 매일매일이 새로울 거라 했어. 그렇다면 얼마나 좋겠어? 자네 주려고 가져온 술이지만 나눠 마셔야 할 것 같군.

술은 마시는 그날의 기억을 지우기는 하지만, 지난 일을 지우지는 못한다. 오히려 술은 가라앉은 지난 일을 지금으로 불러와 휘젓고, 기억하게 한다. 잊었던 전화번호가 생각나고, 잘라내버린 상처의 고통이 살아난다. 술의 맛을 좋아하지만 술이 싫은 이유이다.
취생몽사는 여행일지 모른다. 여행 기록을 보면 만나는 도시나, 자연, 사람에 대한 단상과 함께 지난 일, 두고 온 것들에 대한 화해의 끄적임이 많다. 여행에서는 마음이 순해지고, 짠해져서 이해도 용서도 쉬워진다. 지난 일을 진정으로 잊는다는 것은 기억하지 못하는 것이 아니라 지난 일과 화해하는 것이다. 잊어야 할 것이 많은 사람이 떠도는 이유이다.

〈동사서독〉에서 황약사는 자애인(장만옥 분)을 잊지 못해 취생몽사를 마시고, 자애인을 잊고 복사꽃만을 사랑한다. 황약사처럼 계절에 늦지 않게 오는 꽃들이 휘날리는 여행길에서 취하며, 잊으며 서성이고 싶다.

—

부엉이 부티크

정확히 어떻게 시작되었는지는 모른다. 어느 겨울 우연히 부
엉이 니트를 샀는데 주위의 반응이 좋았던 것 같다. 그런 옷
이 있다. 입으면 실제의 나보다 더 시크해지는 것 같아 자주
입게 된다. 얼굴이 몸에서 차지하는 비중이 크고, 호기심 가
득한 큰 눈, 작고 뾰족한 코와 귀, 배 부분의 삼각형으로 보
이는 깃털이 어우러져 멍하면서도 귀여운 부엉이 캐릭터에
마음이 걸쳐졌다.

사랑은 눈에서 시작된다고. 이전 같으면 지나쳤을 부엉이가
그려진 것들이 자꾸 눈에 들어오면서 남들은 못 보는 것도
단박에 보아내고, 갖고 싶어졌다. 한동안 부엉이를 사 모았
다. 부엉이 티셔츠, 부엉이 스웨터, 크리스마스트리 장식용으

술

로 나온 부엉이 오너먼트, 부엉이 카드, 부엉이 와인마개까지. 어설프긴 하지만 부엉이 부티크가 만들어졌다.

그런 시기에 만난 것이 일본의 부티크 맥주, 히타치노 네스트(HITACHINO NEST), 일명 부엉이 맥주다. 히타치노 네스트는 도쿄에서 멀지 않은 이바라키 현 나카 시의 2백여 년을 이어져 내려오는 사케 주조장 '기우치 주조'에서 십여 년 전부터 만드는 맥주다. 주조장 근처의 천연광천수로, 제대로 된 맥주를 만드는 독일, 영국의 전통에 일본의 섬세함을 더했다. 화이트 에일, 페일 에일, 엠버 에일, 논 에일, 레드라이스 에일, 진저 에일, 셀레브레이션 에일, 재패니즈 클래식 에일, XH(Extra High), 바이젠, 에스프레소 스타우트, 스위트 스타우트, 에인션트 니포니아까지 맥주로 갈 수 있는 길은 다 가보겠다는, 만드는 사람의 열정이 느껴지고, 그 맛은 더 매력적이다.

영국의 홉 향과 일본 전통의 삼나무 향이 조화를 이루는 재패니즈 클래식 에일! 강력하고 중독성 강한 어운의 XH! 진짜 로스팅한 에스프레소를 넣어 진한 모카 향의 스타트와 깔끔한 피니시를 가진 에스프레소 스타우트! 적미(赤米)를 넣어 적미의 단 향과 쌉싸름한 홉 향이 어우러지는 레드라이스 에일! 일본의 사라져가던 전통 몰트를 되살리고, 일본의 재료만을 넣어 귤-유자-사과와 같은 과일 향, 치즈 향, 커피 향이 담긴 '히타치노 궁극의 에일'이라 일컬어지는 에인션트 니 포니아! 히타치노 네스트는 작지만 큰 맥주 회사가 할 수 없는 아름다운 자신만의 맥주 세계를 만들어가고 있다.

무언가를 좋아한다는 것은 그런 것이다. 발을 딛는 순간, 좋아하는 마음이 도움닫기 발판이 되어 더 멀리, 더 깊이 가게 된다. 스스로 부풀어올라 하늘을 날아 무지개를 보기도 하고, 천길 나락으로 추락하기도 한다. 그러나 멈출 수가 없다. 발 없는 새처럼 멈추는 때는 죽음뿐이기에 끝없이 나아갈 뿐이다. 어느 순간 만나게 될 궁극의, 황홀의 세계가 기다리고 있기에 멈출 수가 없다.

부티크가 무엇이고, 크래프트가 무엇인지를 실체가 있는 맥주맛을 통해 보여주는 히타치노 네스트를 마시며, 나의 세계는 어딘가에 팽개쳐버리고, 부엉이나 모으고 있는 것이 한심하기도 하지만, 부엉이 맥주가 눈을 찡긋거리며 말한다. "고생하지 말고 잘 살아줘!" (일본에서 부엉이는 고생하지 말고 잘 살라는 뜻이다.)

사는 일은 깊이가 필요하지만, 맥주 한잔 마실 때 만큼이라도 마음고생은 날려버리라고 말이다. 부엉이와 함께 진지함과 가벼움이 함께 날아오르고, 즐거운 비행이었다고 미소로 착륙한다.

Champag

Dom Pérign

Vintage 2004

Brut

모든 별들은 음악 소리를 낸다

나는 첫 시집에서 일찍이 '늙도록 나는 젊어 있었는가' 하
고 스스로에게 물었던 바 있다. 그리하여 나는 결코 머무
르지 않을 것이다. 언제나 가장 먼 곳까지 갈 것이다. 그리
고 기필코 다시 돌아온다. 그리고 새롭게 더욱 가장 먼 곳
까지 갈 것이다. 영겁회귀의 형벌일지라도. 축생의 길일지
라도. 시인이기 때문에.

_ 윤후명, 『문학정신』 1992년 6월호 중에서

십대 후반과 이십대에는 윤후명 작가의 글을 좋아했다. 좋아
한다는 말로는 부족하다. 책은 밑줄들로 가득했고, 머릿속에
온통 작가의 글들이 있었다. 시인의 글은 서사이자 서정이고,

이야기이자 여정이어서 읽다가 다시 앞으로, 되새기며 그렇게 읽었다. 작가처럼 그리움과 외로움이라는 두 가지 축을 통해 세상을 인식하고 싶었고, 작가의 작품의 배경이 된 수인선 협궤열차가 다니던 안산중앙역, 서해의 염전, 파리 몽파르나스 묘지, 카자흐스탄의 알마아타, 중국의 둔황과 누란, 알함브라 궁전, 러시아 숲길의 오두막 등은 폐허를 만나기 위해 가야할 곳이었다. 드러내지 못했던 질풍노도의 시기를 작가의 글들이 있어 삭일 수 있었고, 작가를 처음 만났던『모든 별들은 음악 소리를 낸다』는 지금도 화두이다. 그 글에서 멀리 가지 못했다.

나는 하나의 별이었다. 모든 사람들은 하나의 별이었다.
(중략) 우리는 영원히 서로 만날 수 없어서 어둠 속에 눈빛을 반짝이며 알 수 없는 소리로 노래하고 있는 것이었다.
(중략) 모든 생명은 하나의 별이었다. 그리고 그 모든 별들은 견딜 수 없는 절대고독에 시달리며 노래하고 있는 것이었다.

_윤후명,「모든 별들은 음악 소리를 낸다」중에서

작가는 상처가 별이라는 것을 알고 있었고, 별이 빛나는 밤 하늘이 폐허와 동의어임을 알리고자 했다. 지금은 작가의 글을 읽듯 별처럼 많은 와인을 여행하고 있다. 작가의 글에 폐허에서 듣는 별의 변주가 있었다면 와인에는 포도나무와 테루아가 만드는 술의 변주가 있다.

윤후명 작가가 와인을 만들었다면 돔 페리뇽이 되었을 것이라 상상한다. 돔 페리뇽을 만든 17세기 베네딕트 수도사 피에르 페리뇽은 신을 따르는 고행의 길에 시력을 잃고, 대신 얻은 미각으로 별의 샴페인, 돔 페리뇽을 만들었다. "Dear God, I saw the star!" 별은 그의 구도의 길에 보내준 신의 선물이다. 작가도 별을 사랑하는 마음으로, 우리가 별까지 음악 소리를 내기 위해 고독하게 헤매이며 구도자의 글쓰기를 하고 있다. 그 결과로 시 같은 소설, 소설 같은 시를 선물 받았다. 작가는 『협궤열차』에서 바람이 몹시 불거나 눈비가 칠 때 정인을 찾아가듯 문학을 할 수 있기를 꿈꾼다. 나는 바람이 몹시 불거나 눈비가 칠 때 정인을 찾아가듯 술을 찾아갈 것이다. 작가의 글처럼 술도 영원히 무한하고, 멀다.

—

비움으로 물들다

봄꽃은 하루 20km로 북상하고, 가을 단풍은 하루 25km로 남행한다고 한다. 자연도 사람처럼 만남보다 헤어짐의 속도가 빨라 단풍 소식 앞에서 때를 놓칠까 서두르게 된다.

물론 단풍은 아파트 단지에서도, 길가에서도, 회사 근처의 남산에서도 아름다움을 자아내지만, 단풍을 편애하기에 그냥 지나치는 것만으로는 부족하다. 내내 넋을 놓고 바라보아야 한다. 나무의 뒷모습을 제대로 배웅해야 가을이 보내진다. 나무에 단풍이 드는 것은 사실 떠나는 것이 아니다. 끝내는 것이 아니다. 다음 한 해를 살아가기 위해 스스로를 비우는 겨울 채비이다. 가지의 수액을 뿌리로 내리면서 생기는 현상이 단풍이고, 비우는 길에서 나무는 노랑이 되고, 주황이 되고, 빨강이 되어 불타오르는 것이다. 그런데 비우는 것이 저리 고우니 눈을 떼기가 어렵다. 발길을 돌리기가 어렵다. 그렇기에 그냥의 시간으로는 되지 않는다.

올해 단풍은 개심사에서 만나고 싶어졌다. 개심사 단풍이 아름다운 것은 단풍이 산에 머물 뿐만 아니라 물속에도 머물기 때문이다. 노랑, 갈색, 빨강으로 물드는 느티나무 단풍과 연초록, 연노랑으로 빛나는 참나무 단풍, 봄철 여릿분홍, 하양, 보라, 흐릿초록으로 피었던 벚나무가 알록달록 색을 바꿔 개심사 앞 연못에 비추어지면 마음이 일렁이다 붉어진다.

집에서 두 시간여를 달리니 개심사다. 마음을 씻고, 마음을 열기 위해 이제는 나무 대신 돌이 자리한 자연의 계단을 오르고, 코끼리를 닮은 상왕산의 목마름을 채워주는 네모난 연못의 나무다리를 건넌다. 마음은 비워지고 정원 같은 절이 펼쳐진다. 그런데 때를 맞추지 못했다. 아직 단풍의 눈시울은 충분히 붉어지지 않았다. 아직 물속에도 초록 기운이 자리를 지킨다. 우두커니 연못 근처 의자에 아쉬움으로 한참을 앉았다. 그러나 하늘이 있었다. 돌아가는 길, 하늘이 괜찮다고 한다. 서해의 하늘이 위로인 양 단풍처럼 붉게 물들어준다.

대신 열흘 뒤 일로 찾은 홍천의 아침, 마지막 순간의 가장 반짝이는 노랑의 마로니에 단풍, 주황의 팔마툼 단풍, 더이상 붉을 수가 없는 사람주나무 단풍을 만난다. 스스로에게 이렇게 끝까지 물든 적이 있는지 묻게 된다. 그렇게 가을을 보낸다. 저절로 그렁그렁해진다.

일상은 초록을 닮았다. 나무의 광합성처럼 끊임없이 하늘의 햇빛과 뿌리의 물이 만나 성장하고, 무언가를 이루어간다. 그러나 사계절이 없는 열대처럼 단조롭다. 숨쉬는 일처럼 소중하지만, 지루한 반복에 숨이 쉬어지지 않을 때가 있다.

그런 초록의 일상은 술을 만나 단풍이 든다. 밤이 햇빛을 거두어가며 하늘을 물들여가듯, 계절의 차가운 기운이 나무를 물들여가듯, 술은 저녁놀처럼, 단풍처럼 나를 물들여간다. 술을 마시면 초록의 반대편에 머물던 불온함은 노랑으로, 하늘에 걸어두었던 기대는 주황으로, 뿌리 속에 감추어두었던 뜨거움은 빨강으로 물들어간다. 얼굴의 색이 바뀌고, 마음의 색이 바뀐다. 힘들었던 정황과 미처 밝힐 수 없었던 감정이 드러난다. 검정 위에서 색이 더욱 선명하듯 그 감정의 색은 밤하늘을 뒤덮는다. 사람의 단풍놀이이다.

계절의 단풍놀이가 끝나면 겨울이다. 비움으로 물들었기에 채울 일이 남는다. 밤의 단풍놀이가 끝나면 일상이다. 잔의 채움으로 물들었던 색의 눈물들을 모아 뿌리로 보내고, 그 힘으로 또 내일, 혹은 오늘이다.

결

이제 돌려주려 해

광주시 동구 동명동 1번지 1통 1반의 혜진에게.

너에게 마지막으로 편지를 보낸 것은 대학교 4학년 때일 거야. 광고회사에서 기획일을 할지 카피라이터를 할지 고민하다 기획으로 정했다는 결심과 여름방학 때 학원으로 도서관으로 다람쥐 쳇바퀴를 돌게 될 거라는 하소연과 재수를 해서 3학년인 너에게 여행을 계획하라는 내용이 담긴 5월의 편지를 왜 부치지 못하고 내가 가지고 있는지 모르겠어. 고등학교 1학년 때부터 시작된 우리의 편지가 무슨 이유로 끊겼는지…… 편지를 끊은 사람이 너였는지 나였는지도 도저히 생각이 나지 않아.

고등학교 1학년 때 우연히 내 글이 『여학생』이란 잡지에 실리
게 되고, 펜팔 란에도 실려 편지를 무수히 많이 받았었어. 한
글 맞춤법이 틀린 공고생의 편지가 유독 많았어. 그 많은 편
지 속에서 답장을 보낸 것은 너와 미국에 사는 교포 현진이
둘뿐이었어.

'안녕, 차가운 봄비 다음은 야릇한 슬픔뿐이야'로 시작한
1984년 4월 13일 너의 첫 편지는 낯설지가 않았어. 그림에
몰두하고 있을 때가 행복하고, 에어서플라이의 모든 노래를
사랑하고, 검정색이 좋고, 월요일 시험에도 자꾸 느긋해진다
며 다음부터는 좀더 잘 써보겠다던 첫 편지는, 조심스레 악
수를 청하는 것이 아니라 그냥 다짜고짜 나를 안아버리는 편
지였어. 그간의 편지를 읽으면, 우리는 입시라는 상자에 갇혔
던 고등학교 시절에도, 세상에 풀어놓아진 대학교 시절에도
갑갑했고 막막했어. 민주화운동의 정점이라는 시절 속에서
사회적 아픔이나 정의 앞에서 차마 말할 수 없었던 아름답고
두근거리는 삶에 대한 기대와 그만큼의 절망을 쌓아두는 다
락방 같은 곳이 우리의 편지였어.

우리의 편지는 대부분 밤에 쓰여졌지. 감정의 과잉. 밤이 아
니어도 1980년대는 안개 가득한 우울의 문학이 지배적인 시
절이었고, 우리는 그 시절의 시를 읽었기에 그럴 수밖에 없었
을 거야. 특히 바스러질 것 같은 여린 감정선을 갖고 있는 너

는 나를 불안하게 했어. 시험을 앞두고 정신없이 공부하다가 창밖의 햇살을 실로 묶어 유리창에 단단히 매어둘 수가 없어서 교문을 나서버렸다는 편지도, 재수를 시작하며 친구 대학교 앞 카페에서 설레게 하는 사람을 만났다는 편지도, 대입을 치르고 3개월간 연락이 없다가 영문과에 입학했다는 소식을 전한 편지도, 죽음의 이야기를 내비치던 편지도. 네가 자주 쓰는 표현처럼 나를 시리게 했어. 아마 나는 너보다는 덜 흔들렸을 거야. 그냥 묵묵했을 거야.

그러나 나는 우리가 얼마나 아름다운 인연인지, 힘든 세상에서 나의 부재는 상상조차 끔찍하다고 이야기해주는 네가 있어서 제대로 된 어른이 되어야겠다는 생각을 했고, 남에게는 하기 싫어했던 힘들다는 이야기를 너에게만은 할 수 있었어.

너와의 연락이 끊기고, 몇 번의 이사를 하면서도 너의 편지들을 버리지 못했어. 그 또박하고 가냘픈 글씨들을 어떻게 버리니. 몇 년에 한 번씩 읽으며 그 시절을 떠올렸어.

그리고 나의 편지들을 읽고 싶어졌어. 청춘이라 불리우던 칠년간 나의 일상이 어떠했는지, 나의 고민의 화두가 무엇이었는지, 어떤 사랑을 바라보고 있었는지……. 한 번도 전화하거나 만나본 적이 없는 너에게 연락을 해서 속내가 담겼던 그 편지들을 받고 싶었던 적이 있었어.

내 편지가 궁금했듯 너도 그런 적이 있었을 거야. 내년 봄은 우리가 편지를 시작한 시간으로부터 만 삼십 년이 지난 봄이야. 그 봄에 돌려주려 해. 옷장 속 가방 안의 오래된 너의 편지들. 나의 편지들을 가지고 있지 않다고 해서 미안해하지는 마. 다행히 광주 출신인 팀원의 언니가 광주에서 공무원을 한다기에 그때의 주소를 통해 너의 현재 주소지를 찾을 수 있을 거야. 너의 주소는 한번 보면 잊을 수 없는 주소잖아.

일반적인 삶의 모습을 따랐다면 이제 너에게는 편지를 시작했던 너의 나이이거나, 그보다는 어린, 아이가 있을 거야. 물론 그 시절과 지금의 아이들은 너무나 다르지만, 너의 편지들을 읽고 나면 터무니없으나 아플 수밖에 없는 아이의 성장통을 더 따뜻하게 안아줄 수 있을 거야. 아이의 마음속에 더 가닿을 수 있을 거야. 작은 바람에도 휘청거리던 네가 엄마가 되었다는 것이 상상도 안 가지만, 그래도 너는 많은 사람을 사랑해서 탈인 아이였기에 누군가의 아내, 누군가의 엄마가 되어 있으리라 짐작해.

나는 술을 좋아하는 사람이 되었어. 세상이 건조하다는 탓을 하며 마시지. 편지들과 함께 보내려는 것은 호쿠세츠 주조의 '노부 더 사케(NOBU, THE SAKE)'야. 술이 만들어지는 육지와 격절된 사도 섬의 아련한 분홍과 시린 블루의 해뜰녘과 해질녘을 닮았어. 해뜰녘처럼 맑고, 연약하게 머금어지다가 해질녘처럼 슬픈 표정으로 아련하게 사라지는 맛이야. 존재감은 거의 없어. 그러나 존재감이 없어서 더 애틋해지는 술이야.

기억 속의 너는 노부 같았어. 너는 무게가 없어 땅에 내릴 수 없었기에 하늘에 떠다닐 수밖에 없었던. 그러다 스스로를 섬으로 유배시키고, 세상과 섞이지 않으려 했어. 진심으로 존재하기 싫어했지만 그래서 더 지나칠 수 없고 기억되는 사람이었어.

나의 친구, 혜진아!

편지를 받는다면 그 시절, 나는 어떤 사람이었는지 마지막 편지를 보내주었으면 해. 늘 현실의 편에 줄을 설 수밖에 없었던 나의 청춘에 너의 편지가 있어 그나마 물기가 있는 사람이 되었어. 그 고마움을 담아 나이를 먹지 않고 그대로인 편지를 보내.

네가 받을 너의 편지가, 사라져버려 발을 동동거리고, 아주 오랫동안 기다렸던 것들의 돌아옴이 되었으면 좋겠다는 바람과 너는 내 청춘의 1번지 1통 1반의 친구였다는 고백.

이것이 나의 마지막 편지야.

인천시 남구 도화2동 119번지 53호 12통 4반의 내가.

끝

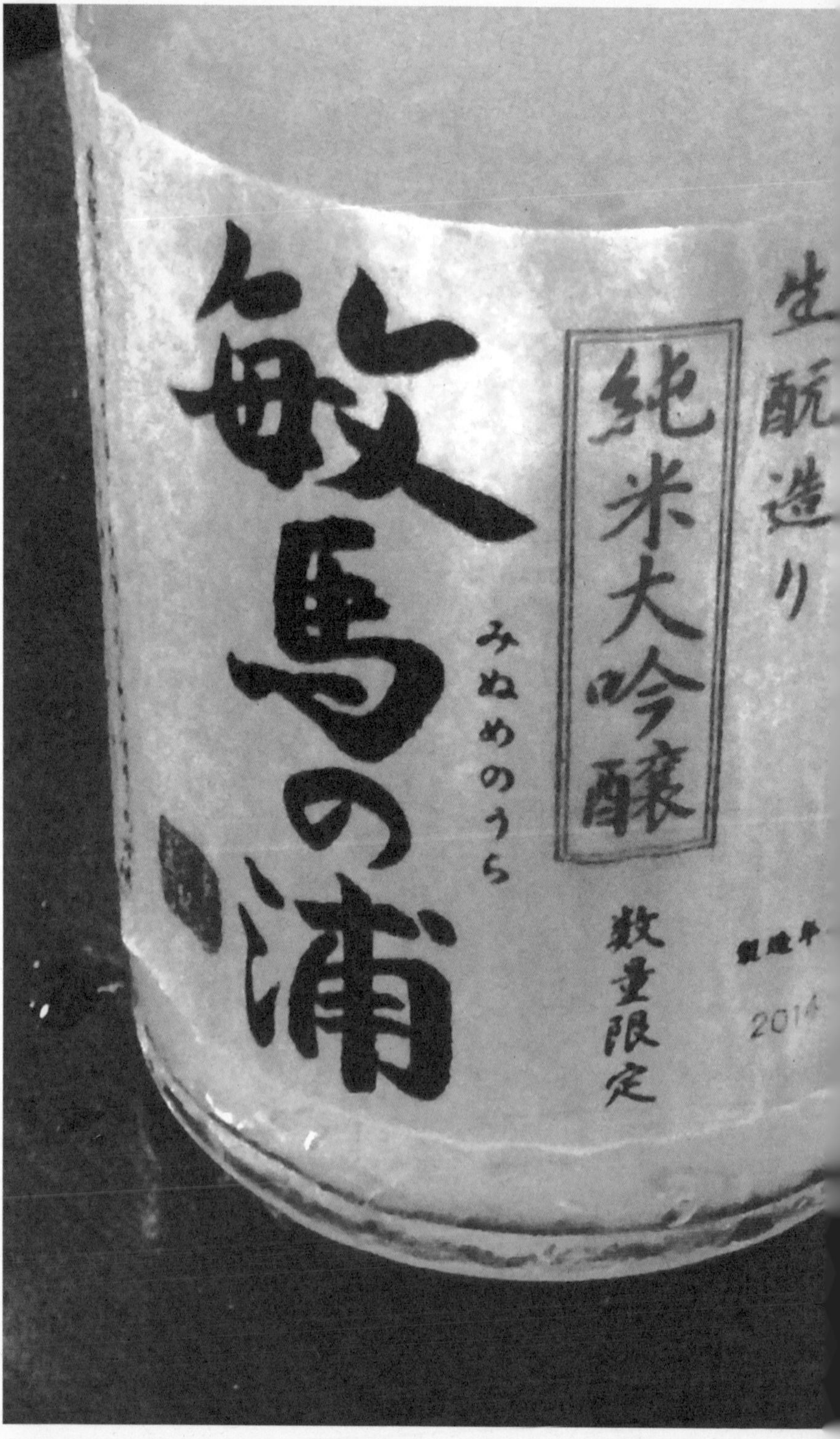
生酛造り
純米大吟醸
敏馬の浦
みぬめのうら
数量限定
2014

—

갓 만들어지거나, 제대로 익은

집밥 같은 밥을 먹고 싶을 때는, 인사동의 부산식당을 찾는
다. 생태찌개나 삼치구이를 먹으러 가는 것이 아니라, 그냥
갓 지은 밥과 갓 무친 콩나물, 갓 부친 두부가 있어서이다. 아
침뿐만 아니라 저녁도 퇴근길에 집 도착 시간을 알려주면 새
로 밥을 지어주시는 엄마처럼 느껴지는 식당이기 때문이다.
갓 만들어진 음식은 그 음식이 원래 갖고 있는 것이 기분좋
게 부풀려져 감성의 맛을 갖게 된다. 갓 지은 밥은 모락거리
는 연기와 더불어 더 많은 수분과 찰기를 품고 있고, 갓 무친
나물에는 나물의 탱탱함과 침투하고자 하는 양념의 의지가
부딪히는 긴장감이 있다. 갓 구운 빵 속에는 볼을 최대한으
로 부풀린 효모의 장난기 어린 미소가 담겨 있다. 갓 내린 커

피는 뜨거운 소나기 뒤 무지개처럼 원두의 속내와 향이 쏟아
지다 펼쳐진다.

갓 만들어진 것이 더 맛있는 것은 어쩌면 물성을 넘어 만드
는 사람과 먹는 사람의 포개짐 때문일 것이다. 같은 시간에
머물고 있다는, 소중히 생각한다는 그 온기로 맛이라는 한계
를 뛰어넘어 마음이 된다. 제대로 익은 김치나 제대로 곰삭은
젓갈, 제대로 숙성된 간장은 어떠한가. 장님과 귀머거리가 되
어 어둠 속에서 상처에 소금을 문지르는 고통을 고스란히 감
내하며 자신을 버린 맛이 있다. 부글부글 끓다가, 때로는 맛
을 내기 위해 지랄을 하다가, 지쳐서야 깨닫고 녹아내린다. 제
대로 익었다는 것은 음식의 희생이다. 그래서 그 맛은 페이소
스이고, 혀끝에서 오래 기억되는 것이다. 술도 다르지 않다.
갓 빚은 술은 열처리라는 세상을 모르는 그 순진무구함, 제멋
대로의 난폭함, 어리광이 만들어내는 신선한 향과 촉촉한 달
콤함 때문에 기분좋게 마시게 된다. 생맥주, 생막걸리, 나마자
케, 보졸레누보 모두 젊음처럼 봄처럼 짧아서, 딱 그 순간의
찬란이 있어서 좋은 것이다.

술이 제대로 익어가기 위해서는 끊임없이 만나고 스며야 한
다. 와인은 오크통의 안온함과 나무 향을 만나 거친 향이 거
두어지고, 향이 맛이 되고, 미묘해지고, 색은 아름다워진다.
쌀이 맑은 물과 콤콤한 누룩을 만나, 뽀글뽀글 장난을 치다

스스로 거품을 만드는 사케는 산 바다 눈비의 풍경과 만나 익어간다. 손쉽게 집에서 만드는 과일주도 독한 소주가 과일 속을 파고 핥아들어가 과일의 달콤함과 만나며 익어간다. 싱싱했던 과일은 그렇게 무름으로 소주의 독기를 달랜다. 술의 익어감은 깊어지고 풍요로워지는 것이다. 술의 익어감은 알코올 기운을 잠재우며 순해지는 것이다. 그래서 숙성된 술의 알코올 도수는 처음 만들어졌을 때보다 1~2도 낮아진다.

사람이 선물이 되는 것도 처음 만났을 때와 둘의 사이가 충분히 익어갔을 때이다. 처음 만나는 사람은 알지 못해서 매력적이다. 무수한 문들이 열릴 거라는 기대와 그 문밖의 길들에 대한 호기심 때문에 자꾸 들여다보게 된다.

그러나 그 길들이 어찌 걷기에 좋기만 하겠는가. 오르기 싫은 언덕길과 피하고 싶은 진흙탕, 실망스런 풍경에서 돌아나오기도 하고, 앞이 보이지 않는 밤의 길에서 길을 잃기도 한다. 그러나 그 길의 회로애락 속에 헤매이다가도 길을 찾게 하는 별빛이 있고, 헨젤과 그레텔처럼 길을 잃지 않기 위해 먹어야 할 빵을 길에 뿌리는 간절함이 있어, 걷다보면 그 길은 내 길이 된다. 그렇게 사람과 익어간다.

12월의 밤이다. 제대로 익어 말이 필요하지 않은 사람과 제대로 익은 음식과 술을 함께하며 다시 갓 만들어진 것처럼 시작이 되고 싶은 그런 밤이다.

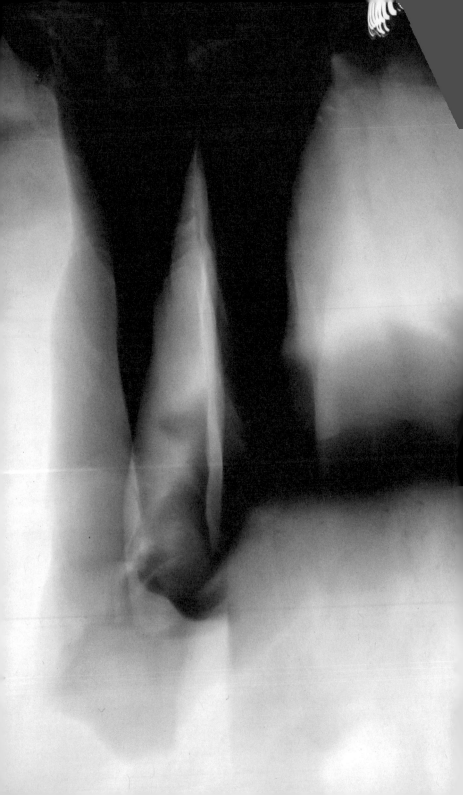

맨발

일이 많아 매일 늦는 딸이 안쓰러우셨는지 간밤, 엄마는 내 방에 와서 이불은 제대로 덮고 자는지 챙기신다. 어둠 속에서 어찌 아시고 이불 밖으로 나온 발을 이불 속으로 넣어주신다. 어쩌면 자주 그러하셨으리라.

아버지 학교와 어머니 학교의 프로그램에서 가장 감동적인 것은 세족식이다. 남편이 아내의 발을 씻기면서, 어머니가 자식의 발을 씻기면서 오열하게 된다. 나는 남편입니다. 나는 어머니입니다. 세상의 거친 굴곡과 만나는 맨발, 삶의 무게를 버텨내야 하는 맨발…….

사랑하는 사람의 가장 낮고 황량한 얼굴인 맨발에서 그 힘듦이 고스란히 전해지고, 온몸이 울음이 되는 슬픔을 피할 수가 없다. 발을 보고, 발을 만지고, 발을 씻긴다는 것은 그런 것이다. 내 숨이 헉헉거려서, 내 상처가 절절해서 외면하고 싶은데도 도저히 떠날 수 없고, 주저앉게 만드는 닻줄. 바닥나 버린 우물에서도 다시 물을 끌어올리게 하는 힘이다.

사람들은 여행을 좋아하면서 왜 인도엔 가지 않느냐고 묻는다. 그냥 덥고, 여행하기 힘들어서라고 얼버무리고 만다. 많은 여행기에 등장하고 포토그래퍼들이 추천하고, 가장 적은 돈으로 가장 많은 것을 얻고 온다는 인도를 나는 엄두를 내지 못하고 있다. 솔직히 겁내고 있다. 그 이유는 맨발이다.

아프리카를 여행한 적이 있다. 짐바브웨와 잠비아에 걸쳐 있는 드넓은 빅토리아 폭포를 둘러본 것도, 코끼리가 엄청난 속도로 달릴 수 있는 동물이라는 것을 알게 된 사파리 투어도 하나의 모습 앞에 색채를 잃었다. 버스를 타고 지루하게 반복되는 숲길이자 도로인 길을 지나는데, 나무뿌리, 흙, 돌투성이를 걸어가는 소년의 맨발을 보았다. 순간 그 낯선 땅을 나 대신 소년이 걷고 있다는 마음에 눈보라가 일었다. 요하네스버그 공항 근처의 흑인 빈민가를 스쳐지났지만, 소년의 맨발은 스쳐지나가지지가 않았다. 죄책감 같기도 하고 부채감 같기도 한 불편함으로 여행은 즐거움을 잃었다. 인도에 가면 왠지 수많은 맨발을 만날 것 같아 가지 못하고 있다.

나는 계곡이나 호수를 마냥 걸으며 풍경과 나만이 존재하는 조용한 여행도 좋아하지만, 대부분 샴페인 같은 여행을 하고자 했다. 머리에 쥐가 날 정도로 아이디어를 짜내야 할 때도 있고, 한 달 내내 야근할 때도 있는 일을 통해 마련한 시간과 돈으로 하는 여행이니까 좋은 것만 누리고 싶었다. 미풍이 불어오고, 본 적 없는 근사한 풍경이 달음쳐오고, 문화적 향기가 피어오르는 라돌체비타의 여행을 준비했다. 내내 흥겹고, 놀라고, 감탄하는 여행. 동행이 멋있거나 예뻐 보이는 여행. 현지인들의 친절함과 미소까지만 만나고 오는 여행. 수줍게 손 흔들고 만나 좋은 기억과 배려만 가져오는 여행을 계획했다. 그런 도시와 풍경과 사람과 경험이 있는 곳으로 향했다. 자발적인 맨발이 아닌 어쩔 수 없는 맨발이 있어 불편하게 할 곳들은 피했다.

그러나 의도하지 않았던 곳에서 마주쳤던 수많은 어쩔 수 없는 맨발이 밑바닥에서 쌓이고 있었다. 쌓이고 쌓여 지금의 나이가 되니 지상으로 형체를 드러낸다. 더군다나 짐작도 못 했던 나의 맨발까지 모습을 드러내며 이제 즐거운 여행 대신에 실체를 보는 다큐멘터리를 떠나야 한다고 나를 돌려세운다. 놀고 마신 여행은 지금까지로 충분하다고. 떠나서 사람의 웃음이 아닌 눈물을 보고, 세상의 머리끝이 아닌 발끝을 보고, 부풀어오르지 말고 파고들라고, 손을 흔드는 대신 손을 잡아주라고 부추긴다. 간신히 온도를 맞춘 평온한 삶을 자꾸 흔들어댄다. 버티고 싶은데 아무래도 나는 힘 한번 못 쓰고, 이 싸움에서 질 것 같다.

여행의 지도가 바뀔 것이다. 인도도 갈 수 있을 것이다. 나이 먹어 고생 가득하고, 눈물이 헤퍼질 것이다. 누추해질 것이다. 그러나 죄책감은, 부채감은, 조금 덜 수 있을 것이다. 조금은 사람다워질 것이다.

그래도 아직까지 맨발은 자신이 없다. 우선은 맨얼굴부터 시작해보려 한다. 떠나는 나도 맨얼굴로 갈 것이고, 도착한 곳의 맨얼굴을 보려 할 것이다. 감상이 아닌 일상을 함께할 것이다. 도착한 곳에서 나만 배우고, 행복해지는 것이 아니라 내가 받은 것의 조금이라도 나누고 올 것이다. 그곳을 소비하는 삶이 아니라 그곳을 순환시키는 힘을 보고 올 것이다.

마시고 공부하고, 마시고 찾아가던 나의 술 여행도 이제는 다른 길을 보고 있다. 맛에 집착했었다. 향에 취했었다. 끝까지 맛과 향의 세계를 버리지는 못할 것이다. 그러나 그 맛과 향이 어디에서 오는지, 어떤 땅에서 자라고 무엇으로 만들어지는지, 누구의 손길에서 보듬어지고 어떤 마음가짐으로 익어가는지, 마시기 전의 술의 맨얼굴을 볼 것이다. 그래서 더 감사하며 마실 것이고, 더 음미할 것이다. 운이 좋으면 술을 빚게 될지도 모른다.

우선 그렇게 맨얼굴로 찾아 떠나고 술을 배울 것이다. 그렇게 다니다보면 언젠가 어쩔 수 없는 맨발에 아파하지 않을 것이다. 신께서 나만 보고, 나만 위하고 산 죄로 헐벗어야 한다고 하실 것이고, 나도 그때 그들처럼 맨발로 걸을 것이기 때문이다.

처음처럼

충분한 봄이기에는 부족한 3월이거나, 인디언들의 눈에 '모두 다 사라진 것은 아닌 달'로 보이는 11월이었으면 좋겠다. 푸르른 하늘 속으로 분홍이 더할 나위 없이 부드럽게 파고들어 보라로, 회색으로, 암흑으로 바뀌는 호수가 앞, 일몰이었으면 좋겠다. 늘 모자라서 숨고 싶었던 나와 제대로 마주하는 처음이었으면 좋겠다. 그곳에서, 혼자서는 한 번도 마셔본 적이 없는 소주를 마셔보련다.

한 잔 속에 가파도.

한들거리는 꽃길을 걸을 수도 있었는데, 그늘이 없고 바람이

끝

더하고, 파도가 더하는 가파도를 찾아들어간 것은 청보리 그
한철의 흔들림이 그리워서이다.

한 잔 속에 격렬비열도.

좋아하는 것을 마음에 품고도 끓는 점까지 끓지 못해 심장은
터지지 못했다. 바늘로 손끝을 몇백 번 찔러도 나아지지 않는
체증에 오래 머물러 있다. 좋아하는 것에도 주춤거렸던 비열
함의 죗값이다.

한 잔 속에 사량도.

나의 사랑은 너무 친절해서 군더더기가 되었다. 사랑이 아닌
사량이어서 버거웠던 것은 그였는지 나였는지…… 무거워
움직이지 않을 것 같았던 사랑도 돌아서니 먼지보다 가볍다.

한 잔 속에 신도.

신은 원한다고 기도하지 말고, 감사하다고 기도하라고 하신
다. 그래서 신은 간절한 기도도 들어주시지 않는다. 들어주시
지 않는 대신 받아들이도록 나를 바꾸신다. 전지전능, 설득

의 제왕이시다. 그러나 딱 한 가지 기도만은 내 업으로 배운 모든 것들을 데려와 신을 설득하고 싶다.

한 잔 속에 여자도.

나를 둘러싼 수많은 너에게 도와달라는 말이 나오지 않았다. 기다려달라는 말을 하지 못했다. 모든 것을 스스로 구해야 했기에 봄의 아름다움을 지나쳐, 가을의 처마에 있다.

한 잔 속에 선유도.

고약한 햇볕이 내리쬐는 여름에 찾아간 민박집 그늘, 시멘트 바닥에 누웠을 때 눈앞의 서늘함과 바람에 날리던 하얀 빨래 는 떠난 이의 흔적이었다. 집을 버려 자연이 되는 법이 있었다.

한 잔 속에 굴업도.

다음 세상으로 가는 날, 이생에서 내가 거북이였는지 뒤돌아 보지 않겠다. 웅크려 걸었던 등뒤의 껍질을 쓰다듬을 수만 있 다면 그것으로 족하다.

마시며 바라보고, 마시며 바라보다보니 한 병을 다 비웠다. 맑아지다 흐릿해진다. 흐릿해지다 어릿해진다. 혼자서 소주를 마신다는 것은 왠지 생에 백기를 드는 것 같아 싫었다. 실패 같아 피했다.

역시 혼자의 소주는 신파극을 부른다. 소주에 오륙도 돌아가는 연락선이 떠다니고, 닿는 곳은 꽃피는 동백섬이다. 그리고 처음처럼 혼자이다.

돌아보니 다행이다. 혼자서 소주를 마시지 않았기에 그 많은 섬을 떠돌지 않았고, 떠도는 뱃길에 발을 헛디뎌 익사하지 않았다. 그런데 묻게 된다. 정말 다행이었는지 말이다.

곁

들국화

멋진 일은 후반전에 있다 : 들국화

프랑스에는 '오늘 엄마가 죽었다'(『이방인』)가, 영국에는
'Mama, just killed a man'(《보헤미안 랩소디》)이, 한국에는
'나의 과거는 어두웠지만 나의 과거는 힘이 들었지만'(《행진》)
이 있다.

방황하고, 상실하고, 욕망하고, 부정하는 유전자가 버거운
젊은 남자의 희망 없는 세상에서 그나마 길을 터주는 책이나
노래가 있어 그들은 숨을 쉬었다. 태어날 때 그 속에 무엇이
그려져 있는지 알 수 없는 흑지를 받아든 그들이 서서히 자
신의 그림을 찾는 시작점이었다.

지금 사십대를 지나 오십대로 가고 있는 이들이 젊었을 때의
소리였던, 들국화 신보가 27년 만에 발매되었다. 남녀라는

구분에서 벗어나는 나이가 되어 들국화의 이전 노래와 새로운 노래를 곱씹으며 듣는다. 때로는 나의 친구, 동료, 적, 연인이었던 그들이 왜 그토록 들국화로부터 위로받고, 힘을 내었는지 그 마음으로 알 것 같다.

아침이 밝아올 때까지. 걷고 걷고. 하나는 외로워. 걱정 말아요 그대. 매일 그대와. 사랑한 후에. 또다시 크리스마스. 다시 이제부터. 단순하게. 분명하게. 우리. 행진. 들국화로 必來.

그들의 삶을 알 것 같고, 그들이 남 같지 않다.
대학 캠퍼스 잔디밭에서 안주도 없이 소주를 마시던 그들의 이야기를 진지하게 들어주지 못한 것이, 내게는 기회가 더 많다는 이유로 대기업 입사지원서를 가로챈 선배를 무시했던 것이, 책임져야 하는 것이 많아지면서 색이 바래져가는 친구들과 멀어진 것이, 나를 앓을 수 없어 술을 앓았던 그들의 잔에 따뜻하게 술을 따라주지 못한 것이 지나고 나니 마음에 걸린다.
그러나 이제 그들과 나! 나머지 반을 남기고, 같은 고민과 과제의 선상에 서 있다. 나에게, 그들에게 이야기한다.
제대로 걷자! 충분히 버티고, 더 멀리 오래 걸을 수 있는 발꿈치 힘은 충분히 남아 있다. 이전의 우리가 흔들리며 걸었다면 이제 정신을 곧추세우고, 사건을 이야기하고, 남을 이야기하는 대신 생각을 이야기하고 생각의 바름이 발길로 이어져야 한다. 마라톤의 승부수는 후반전에 있고, 완주의 마무리도 후반전에 있다.

깊어지자! 성급하고 거친 희석식 소주가 아닌 여백의 시간을 내어 잠잠해져, 앙금을 가라앉히고 깊은 맛과 향을 내는 증류식 소주가 되자. 이제는 익어갈 시간이다. 그간 쌓아온 것들을 걸러내는 채, 시간을 걸러내는 채가 없으면 맑아지지 못한다. 혼탁한 탁주로 머물든가 술지게미밖에 되지 못한다.

삶의 허리에 선 우리, 이제는 스러져 만날 수 없는 속깊은 드러머의 노래처럼 '또다시 들국화로 피자! 세상의 모든 어린 들국화를 위해!'

우리의 새로운 시작점에는, 몸은 취해 그 자리에 주저앉게 되는 앉은뱅이가 되더라도 정신은 맑아지는 술, '소곡주'다. 좋은 술은 겨울에 빚는다. 소곡주는 겨울에 누룩을 적게 넣고, 일반 술보다 밑술과 덧술이 만나는 수고를 더하고, 저온으로 서서히 오래 익어간다. 그래서 두텁고, 깊다. 들국화의 노래가 듣는 이를 주저앉게 하듯, 하루쯤은 그렇게 소곡주에 주저앉아도 되리라.

같은 시대를 지나오며 들국화의 노래 하나 불러주지 못한 이성친구의 미안함으로 그렇게 술상과 시간을 내어주고 싶다.

끝

—

멋진 일은 후반전에 있다 : 유재하

서른이 될 때는 높은 벼랑 끝에 서 있는 기분이었지

_ 최승자, 「마흔」 부분

사십대 문턱에 들어서면 / 바라볼 시간이 많지 않다는 것
을 안다 / 기다릴 인연이 많지 않다는 것도 안다

_ 고정희, 「사십대」 부분

진종일 돌아다녀도 개들조차 슬슬 피해가는 이것은 나이
가 아니라 초가을이다

_ 문정희, 「오십 세」 부분

여자에게 나이는 말해야 할 언어가 아니라, 받아들여야 할 언어이다. 바닥까지 자신을 보고자 독해졌던 여자 시인들이 있어 나이를 직설한다.

나이 앞에서 어떠했는지 돌이켜보면 비겁했다. 슬픔의 폐허를 경계한다는 핑계로 서른에도 마흔에도 울지 못했고, 여자에서 사람으로 가는 쉰을 멀지 않은 곳에 두고 괜찮다고 괜찮다고 스스로를 속이고 있다. 서른 앞에서는 한동안 퇴근길 집까지의 세 정거장 거리를 걸으며 발자국으로 생각의 그림자를 지웠다. 마흔 앞에서는 술의 미아가 되는 것으로 생의 미아가 되지 않았다. 그렇게 나이를 마중하러 나 대신 다른 무언가를 내보내고, 퇴행하는 아이처럼 스물로 돌아가 스물여섯 살에 사라진 유재하의 노래를 들었다.

텅 빈 오늘 밤. 내 마음에 비친 내 모습. 가리워진 길. 우울한 편지. 지난날. 사랑하기 때문에. 그대 내 품에. 우리들의 사랑.

길도 사랑도 은유법이었기에 길은 가물거렸고, 사랑도 오해였다. 친구들을 생각한다. 고만고만한 눈빛과 꿈을 가졌던 친구들의 삶은 모두 예상을 벗어났다. 비구니가 되어 세상과 등지려는 듯 절로 떠돌던 친구는 두 아이의 엄마가 되어 자식 뒷바라지에 바쁘다. 존경할 수 있는 배우자를 원했던 친구는

곁

배우자와 헤어지는 대신 존경받는 채식주의자가 되었다. 그리고 가장 아름다웠던 시절에 머물고자 나이드는 현실을 받아들이지 못했던 친구는 이제 세상에 없다. 친구들의 답안을 보고 답을 적고자 했던 나는 제시간에 답안지를 내지 못했다. 얄팍했다.

먼저 답안을 내지 못했던 미안함으로, 인생의 남은 반 앞에서는 먼저 답을 꺼낸다.

꽃처럼 한 해 한 해를 살자! 문정희 시인은 꽃은 핏속에 주름과 장수의 유전자가 없기에 늙은 꽃은 없다고, 꽃의 생애는 순간이고, 순간에 전력을 다한다고 한다. 녹차의 깊이는 우전에만 있지 않다. 잎을 따는 시기가 다른 세작, 중작, 대작에는 또다른 깊이가 있다. 나이드는 것, 늙어가는 것을 아쉬워하지 않아도 된다. 아름다운 외모에서 멀어지는 것보다 온전한 열정에서 멀어지는 것이 참혹한 일이다. 한 해 한 해가 새로운 백지이고, 마음을 다한다면 한 해 한 해가 전성기다.

연애가 아닌 사랑을 하자! 상대방밖에 보이지 않는 것은 연애이고, 주변이 전부 보이는 것이 사랑이라고 한다. 자식과 배우자, 지인에만 머무는 사랑, 연애를 넘어서자. 세상이 좁아지는 것은 누리기 위한 것이 아니라 나누기 위한 것이다. 누군가의 발에 아낌없이 향유를 부을 수 있는 것은 여자뿐이다. 여자의 사랑은 기적처럼 끝없이 퍼낼 수 있고, 끝없이 나눌 수 있다. 내가 지은 밥을 배고픈 누군가와 나누는 일, 밥 먹는 모습을 지켜봐주는 일, 그것이 시작이다. 우리는 무수한 끼니를 준비할 수 있다.

삶의 중턱에 선 우리, 시작이 끝이었던 가객의 노래처럼 누군가가 주어진 길을 찾을 수 있도록 길을 터주자! 힘이 되어주자! 그 길에서 또다른 길의 기쁨을 알게 될 것이다.

덜 성급해지고, 더 따뜻해진 우리의 자리에는 백화주다. 꽃피는 계절마다 일일이 손으로 따고, 씻고, 말려 국화가 피어나는 날에 빚는 술이다. 겨울 눈 속에서 피어나는 설중매를 시작으로, 동백, 개나리, 진달래, 벚, 살구, 복숭아, 자두, 연, 앵두, 국화, 창포, 목련, 백일홍, 장미, 맨드라미, 목단까지 백화주는 사계절 백 가지 꽃의 시절 향취와 사람 정취로 빚어지고, 익어간다. 정성과 기다림의 향연이다. 마시는 향수이다.

그 밤은 아주 길어야 할 것이다. 그간의 서로의 생에 꽃피고자 했던 백 가지 이야기들이 흥취로 날아오르는 밤은 천일야화이다.

술과 인생에 잠겨 있는 광고

일하는 척은 하더라도 취한 척은 하지 말자

가끔 물을 주지 않으면 사람도 말라 비틀어진다

잊기 위해서 마시나요
추억하기 위해 마시나요
뭐 어느 쪽이라도 상관없지만

별의 수만큼 사람이 있고
오늘밤 당신과 마시고 있다

끝

옛날에는 값싼 술로 꿈에 대한 이야기만 했다
요즈음은 비싼 술로 돈에 대한 이야기만 하고 있다

술을 마시는 수많은 이유 중 하나는,
어쩌면 스스로에게 던진 질문을 잊기 위해서일지도 모른다

술은 적당한 것이 좋다고 말을 한다
그러나 적당한 술로는 적당한 이야기밖에 할 수 없지 않은가

시간은 액체다
시간은 흐르지 않는다
그것은 겹겹이 쌓인다

어쩌다보니 광고일을 이십 년이 넘게 하고 있다. 십 년 정도는
아날로그적으로 일을 했었다.
더디고, 생각을 다 펼치지 못하는 기술과 자원의 한계와 부딪
히면서 그래도 사람의 마음을 두드리고, 팔리는 광고가 만들
어졌다. 2000년대 중반부터 인터넷이 보편화되면서 광고를
만들고 집행하기 위해 알아야 하는 정보와 광고를 만드는 속
도는, 인터넷의 정보량과 통신의 속도와 비례한다. 헉헉거리
며 정보와 시간과 싸움을 해가며 복잡다단한 얼개의 캠페인

을 만들어도 대부분 존재감 없이 묻힌다. 광고 대 광고의 경쟁에서 더 나아가 수많은 콘텐츠와 경쟁해야 하는 후배들을 보면 짠할 때가 많다.

그래도 변하지 않는 것이 있어 광고일을 계속 할 수 있었다. 변하지 않는 첫번째. 광고는 제품, 서비스 또는 브랜드가 내재하고 있는 이야기를 찾아내는 일이라는 것이다. 디지털 구조의 바이럴캠페인을 하든, 체험 위주의 캠페인을 하든, 광고의 접점과 화법이 아무리 변화무쌍해져도 그 시작은 이야기이다. 나는 광고를 시작할 때부터 지금까지 그 이야기를 찾는 일이 막막하고 어려워도 좋다. 아니 어려워서 좋다. 글로 수학문제를 푸는 일이다.

새로운 제품을 만나면 우선 모든 정보를 숙지하고 면벽을 한다. 벽처럼 무표정한 얼굴도 한참을 눈빛을 주고, 자꾸 말을 걸면 순간순간 숨겨두었던 멋진 이야기가 들춰진다. 그 순간을 포착해서 그 이야기를 사진처럼 고정화시키는 것이 광고이다.

변하지 않는 두번째는 '내'가 아닌 '우리'가 만든다는 것이다. 광고를 만들며 한때는 이 사람 저 사람의 타액이 묻은 숟가락으로 휘저어져 재료 고유의 맛이 사라질까 염려했었다.

고민하지 않은 윗사람들이 툭 던지는 의견, 철없는 신입사원들의 터무니없는 말에 귀를 닫았었다. 그러나 알게 된다. 광

끝

271

고도 나물처럼 손맛이다. 세월이 새겨진 손의 다독임과 조무
래기 손의 조물거림이 더해지고, 먹을 만한 광고를 만들겠다
는 모두의 정성이 합해져야 제대로 된 광고가 나온다. 모두가
먹어도 탈이 나지 않는 광고가 만들어진다.

이제는 그런 광고일의 끄트머리로 가고 있다. 부족함으로 시
작해서, 아쉬움으로 끝나리라는 것을 알고 있다. 광고 인생이
끝나기 전에 한 가지 바람만 남기라면 앞에 적어놓은 것 같은
술 광고를 만들고 싶다.

술과 인생에 제대로 잠겨 있는 광고. 카피 한 줄로 술 마시는
풍경이 손에 잡힐 듯 그려지는 것을 넘어서, 마시지 않아도
위로의 한 모금이 되는 광고. 그간 함부로 마신 술에 대한 미
안함을 덜 수 있는 술의 진심, 웃음, 눈물이 하나로 버무려지
는 광고.

이유, 근거 따위는 없어도 광고를 떠나기 전, 술 광고를 만들
수 있다고 믿기로 한다. 나란히 걸었던 술의 발자국들이 술
광고를 향하고 있다. 행복하고 눈물겨운 마지막 일이 될 것
이다.

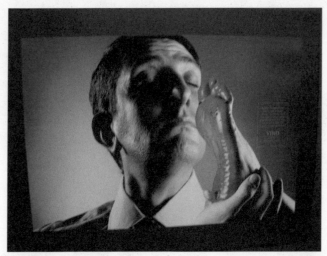

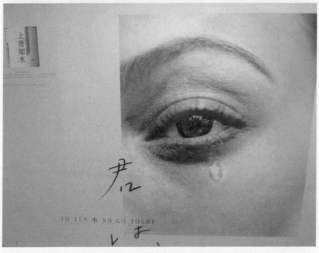

팔순의 아버지

아버지는 마음의 뒷모습으로 생의 허기를 채워주셨고, 시인
은 시의 뒷모습으로 영혼의 허기를 채워주셨다.

고향을 떠나오기까지 사셨던 꽃나무가 있는 앞마당을 꿈꿨
던 아버지도, 사진관집 이층을 꿈꿨던 시인도 올해 팔순이시
고, 언젠가는 꿈도 잊고, 슬픔도 잊고, 빈손으로 신께 가실
것이다. 받기만 한 나는 이제라도 두 분의 흑백 손에 무어라
도 쥐여드리고 싶은데, 뭘 쥐여드려야 할지 도통 모르겠다.

걸어서 별까지 가시기 전에 가까이서 아버지의 얼굴을, 시인
의 시를 자주, 한참을 바라볼 작정만 하고 있다.

혼기를 놓치다못해 벗어난 나이에 결혼식에 가는 것은 모래

를 씹는 듯 서걱거리지만, 더 내키지 않는 것은 상갓집이다. 세상을 떠난 어르신들의 연세를 들으면서, 부모님이 그곳에서 멀지 않다는 것에 주저앉게 된다. 부모님의 그늘 없이 고아가 된다는 것이 도저히 받아들여지지 않는다. 그래서 얼른 문상을 하고, 도망쳐나온다. 그 길은 아리고 아프다.

사람마다 아버지를 생각할 때, 떠올리는 모습은 다르다. 내게 아버지는 늘 뒷모습이다.

어린 시절, 명절에 큰집 가는 길, 아버지는 한 손에 큰어머니가 좋아하시는 통닭과 굴이나 조기 같은 생선을 들고, 또 한 손에는 제사상에 올릴 정종을 들고 앞서 걸으셨다. 언니와 나는 새로 입은 명절옷과 또래 친척을 만날 생각에 신이 나, 장난기 가득한 걸음으로 아버지를 좇았다.

언니 결혼식을 마치고 결혼식에 와준 친구들이 고마워 차를 마시고 집에 돌아오니 울음소리다. 엄마가 아니었다. 맏자식을 보내는 일이 마음 약한 아버지를 흔들었다. 울고 있는 아버지의 뒷모습은 사랑이었다. 나이든 아버지는 이전이나 지금이나 함께 걷는 것이 아니라 혼자서 성큼성큼 앞서 걸으신다. 뒷짐을 지고 걷는 아버지는 해가 기울 듯 조금씩 굽어지고 있다. 하늘을 보던 아버지의 시선은 이제 땅을 향하고 있다. 그렇게 땅으로 가실 것이다.

그런 아버지가 자꾸 밟혀 작년 처음으로 나를 위해서가 아니라, 아버지를 위해 일 년 적금을 들었다. 일명 '팔순 프로젝트' 적금이다. 통장에 가지고 있는 돈으로 팔순 프로젝트를 할 수도 있지만, 왠지 매달 아버지의 팔순을 생각하고 준비하고 싶었다. 그렇게 모은 돈으로 아버지의 친구분들과 친지분들을 모셔 정갈한 잔치도 하고, 생각지 않으셨을 금액의 돈을 드리고 싶었다. 내가 중학생 시절, 빚보증으로 큰돈을 날린 적은 있으시지만, 당신만을 위해 큰돈을 쓰신 적은 없는 아버지시다. 크다 할 수 없지만 아버지가 꿈꾸셨던 일을 하는, 갖고 싶으셨던 것을 갖는 자금이었으면 한다. 무엇을 하실지 궁금하지만 절대 묻지 않으려다. 아버지만의 비밀이었으면 한다.

이제 팔순 잔치가 얼마 남지 않았고, 적금도 끝났다. 그런데 프로젝트 하나가 끝나니 다음의 프로젝트가 생긴다. '꽃나무가 있는 앞마당 프로젝트'이다. 앞마당이 없어 아파트 베란다를 온통 꽃나무와 난으로 채우는 아버지에게 햇빛 가득하고, 커다란 꽃나무를 키울 수 있는 앞마당을 선물하고 싶다. 3월에는 수줌음 가득한 산수유와 매화가, 4월에는 슬픈 순백의 목련과 조팝이, 5월에는 남김없이 모든 것을 다 고하는 겹벚꽃과 함박꽃이, 6월에는 함께이고자 하는 산수국과 홀로이고자 하는 해당화가, 여름에는 아리따운 능소화와 껍질이 없는 정직한 배롱나무꽃, 백일홍이 피어나는 앞마당에서 물을 뿌리고, 꽃나무 가지를 다듬는 아버지의 뒷모습을 바라보고 싶다. 그 곁에서 나는 꽃술을 담글 것이다. 꽃술이 익으면 꽃나무 아래 자리를 깔고, 아버지와 꽃 향에 함께 날리고, 꽃술에 함께 웃고 싶다. 세상 그늘은 잊고, 꽃그늘만 기억하는 부녀로 아버지와 헤어지고 싶다.

그리고 다음 생에 아버지를 다시 만날 수 있다면, 아버지는 수목원에서 일하는 정원사로, 나는 꽃나무로 태어나 다시 한번 아버지 그늘에 머물고 싶다. 이생의 아버지를 속상하게 하고, 무겁게 한 사람이 아니라, 늘 보기 어여쁜 꽃나무로, 아버지의 즐거움으로, 매해 피어나고 싶다.

전통 빗은 순수 생막걸

福順都家 손막걸

www.boksoon.

봄 탓이다

기상학적으로, 아흐레 동안 일평균 기온의 평균값이 5도 이
상으로 올라간 뒤 다시 떨어지지 않는 첫날이 봄의 시작이라
한다. 담담한 봄의 기척이다.

사람만이 희망이라는 혁명가는 봄은 어디에서나 봄이어야 한
다고, 봄은 누구에게나 봄이어야 한다고 한다. 끝까지 믿고
싶은 봄의 한가운데이다.

올라갈 때 보지 못한 그 꽃을 내려갈 때 본다는 큰 시인은,
지상에 더 많은 죄 지어야겠다, 봄날은 간다고 한다. 사무치
는 봄의 이별이다.

젊은 날에는 봄을 머리로 글로 만났기에 봄바람이 나지 않았

겉

다. 마흔을 넘기니 봄바람에 정신을 차리지 못한다. 이제 봄
은 한참을 들여다보는 눈의 온기로 핀다는 것을 알게 되니
뛰쳐나가지 않는 것은 봄에 죄를 짓는 일이다. 마냥 쏘다니며
마냥 바라보는 것만으로도 시간이 부족하다.

2월말, 제주에서 흐린 날도 밝게 만드는 유채꽃으로, 비가 와
야 더 그윽한 매화로 봄의 기적을 만나고, 제주에서 얻어온
메밀가루에 달래, 미나리를 넣어 봄나물전을 먹는다. 여기엔
무뚝뚝한 '송명섭막걸리'가 제격이다. 쌉쌀하고 향긋하고 구
수한 맛에 올봄에는 봄의 기운을 품고, 겁내지 말고 뜨거운
기름 위를 견디고자 한다. 그게 봄의 사랑인 양 말이다.

반나절 만에 꽃을 피우는 봄 때문에 시간이 두려워 서둘러
메밀김치전과 산미 가득한 '복순도가'를 마신다. 슴슴한 메밀
과 봄나물처럼 같음으로 어울리는 평화로움도 좋지만 토라져
도 흐뭇한 신김치와는 다름으로 지루하지 않아 좋다. 마시다
보니 세월이 수상해 봄이 야반도주할 수도 있겠다 싶어 다음
번에는 꽃그늘 아래 무채를 꼭꼭 감싸는 메밀총떡을 만들어
단 한 번의 올봄을 그 속에 숨겨보려 한다.

도시의 모든 벚꽃들이 이른 더위에 빠르게 피고 졌다. 이렇
게 봄을 보낼 수 없어 벚꽃이 늦게 피는 개심사를 찾는다. 고
맙게도 아직 피지 않은 붉디붉은 홍벚꽃 꽃망울이 있고, 똑
똑 모든 동백이 목숨을 끊어도 아직 기다리는 것이 있어 떨

어지지 못하는 흰동백이 있다. 세상과 세월과 같이하지 않아서, 더뎌서 눈물겹게 고맙다. 돌아가는 길, 이제는 놓아야 할 것 같아 벌받을 일이지만 대낮에 자리를 깔고, 알코올 도수 11도의 씁쓸하고 묵직한 '홍천강탁주'를 마신다.

올봄, 그 어느 봄보다 행복했었는데 그래서 그 어느 봄보다 애틋하다.

봄 탓이다. 술 탓이다.

—

바람이 생이다

사람의 인생

일본 듀오 밴드, 차게 앤 아스카의 앨범 'YIN&YANG' 중에
〈Big Tree〉라는 웅장한 노래가 있다. 우리에겐 커다란 하늘
과 커다란 바다와 커다란 깃발과 자신만의 커다란 나무가 있
기에 힘을 내라고 한다. 누구나 이 세상에 존재하는 이유가
있고, 그것을 알아가는 것이 삶임을 심장박동처럼 그냥 저절
로 느끼게 된다. 그래서 사는 일에 풀이 죽을 때, 이 노래를
찾아 듣곤 한다.

구본형 선생님의 〈젊음 한창 때〉라는 글을 보면 위로와 한숨
이 교차한다. '나'는 신이 깊은 곳에 숨겨두어 헤매며 찾을 수
밖에 없지만, 신도 들킬 때가 있다는 말에 희망을 품다가 '나'

를 찾는 일에 한참을 기다릴 수도 있다는 말에 마음을 베인다. 수천, 수만 번 술래가 된다는 각오로 찾아야 하는 것이 나이고, 인생이다.

건물의 인생

건설 광고를 준비하면서 알게 된 침묵과 빛의 건축가, 루이스 칸이 있다. 건축이 갖추어야 할 덕목에 대하여 공부했던 시간이 삼십 년이고, 건축으로 자신의 이름을 세상에 알린 나이가 53세이다. 삼십 년간의 공부로 알아내고자 한 것은 사회의 본질, 사람의 본질이고, 누군가 확정할 수도, 규정할 수도 없는 다양한 인간의 바람(wish), 그 바람을 위해 존재하는 공간을 만들고자 했다.

그는 "어떤 건물을 만든다는 것은 어떤 인생을 만들어내는 일이다"라고 믿었다. 도서관은 모두에게 열려 있어야 한다는 바람을 담아 건물의 모든 면에 입구가 있어 어디서나 들어갈 수 있는, 따로 정문이 없는 '필립 엑서터 아카데미 도서관'을 지었다. 외로운 대학 연구실에도 온기가 필요하다는 바람을 담아, 창가에 서면 불 켜진 다른 연구실이 보이는 "당신은 혼자가 아니랍니다"라는 메시지가 담긴 '펜실베이니아 대학 리처드 연구동'이 만들어졌다.

술의 인생

양조장에 직접 가보면 술의 인생이 보인다. 사람처럼 어디로 부터 왔는지, 누구로부터 왔는지가 술의 인생을 만든다. 우선 자연이다. 술에 적합한 농작물의 맛과 재질과 빛깔은 따로 있기에 좋은 원료를 얻기 위해서는 착한 땅이 있어야 하고, 시행착오를 겪게 하는 햇빛과 비와 바람의 시련이 있어야 한다. 그리고 그 중심에는 자연의 봄 여름 가을 겨울이 녹아 흐르는 청정한 물이 있어야 한다. 그래서 술이 빚어지는 자연은 정직한 이마를 지니고 있다. 술 만드는 곳에 서면, 향수와는 또다른 향긋함, 커피와는 또다른 흙내음이 자욱하다. 한참을 걸어도 지치지 않는 치유의 힘이 뿌리내리고 있다.

자연 다음은 사람이다. 빚는 사람의 생각의 깊이, 마음가짐의 바름, 빚는 손의 정성이 술의 차이를 만든다. 술은 자라나고, 익어간 자연의 소리를 담아야 한다고 술에게 그 지역의 산과 바닷소리를 담은 연주곡을 들려주는 양조장. 한겨울 내리는 눈의 무색무취 세계를 잊지 말라고 눈 속에서 술을 익어가게 하는 양조장. 건배는 눈, 향, 맛, 잔의 부딪힘, 와인 글라스의 소리. 오감으로 완성된다는 철학으로 와인을 만드는 와이너리에는 어떤 술을 만들지에 대한 철학과 만드는 술과 마실 사람을 배려하는 마음이 있다.

도시에서 생활하는 일상에서, 유심히 보는 것은 사람과 공간이다. 이전에는 사람과 사물의 이면을 보고자 두리번거렸으나, 이제는 만나는 사람과 공간이 어떤 바람으로 지금에 와 있고, 어떤 바람으로 나아가려 하는지 보고자 한다. 바람으로 길이 만들어지고, 취향이 빚어짐을 알게 되었다. 그래서 이제는 사람과 공간은 눈이 아니라 몸으로 만나는 것이라는 것을 안다. 눈에 덜 현혹된다. 좋은 바람을 만나게 되면 몸은 자연히 그쪽으로 기울기 마련이다. 90도 이내로 기울어진다면 계속 가야 할 사람과 공간이고, 90도에서 뒤로 젖혀진다면 돌아서야 할 사람과 공간이다.

술도 다르지 않다. 악마가 사람을 찾아다니기에 바쁠 때 대신 보내는 것이 술이라는 말이 있을 정도로 술이 인간사에 수많은 해악을 만들기도 한다. 그러나 제대로 만드는 술에는 자연이 또다른 차원의 형태로 사람의 즐거움과 위로가 되겠다는 바람이 담겨 있다. 그러하기에 함부로 마시면 안 된다. 나에게 오기까지의 그 시간에 대한 예의로 술병과 눈인사는 나누어야 한다. 처음 만나는 술은 어떤 맛과 향, 어떤 기운이 느껴지는지 한동안 입에 머금어주어야 한다. 우리가 좋아하는 사람과 만나는 시간, 시간은 사라지고, 몸으로 그 시간을 지나듯 좋아하는 술과는 그렇게 몸으로 교감하는 것이다. 취기로 제대로 술을 만나지 못한다면, 그 순간 멈추는 절제도 필요하다.

끝

그래서 나는 점점 혼자 마시는 시간이 좋다. 사람들과 어울려 마시다보면 술에 집중하지 못하고, 절제 또한 어렵다. 그러나 술과 나의 독대는 다르다. 진득이 기다릴 수 있고, 충분히 바라볼 수 있다. 그리고 돌아서야 할 때, 돌아설 수 있다. 함께 마실 때는 잘 취하지만, 혼자 마실 때는 섬세해지고 또렷해진다. 혼자 술 마시는 나를 보고 외로운 사람이라 하지 말고, 술의 암묵지가 되어가고 있다고 생각해주었으면 한다. 그 시간은 외로움의 시간이 아니라 표현할 수 없지만 술의 손맛, 술의 마음맛을 몸으로 느끼고 배우는 시간이다. 바람(wish)과 함께하는 시간이다.

결

서운하다

서운하다, 라고 써놓고 한참을 노려봅니다. 이내 눈빛은 약해지고 가슴도 주저앉습니다. 서운하다는 것은 그런 마음이지요. 뒷마음이 시간과 함께 서서히 사그라드는 아쉬움과 달리 억울함과 억측이 꼬리를 무는 마음. 사랑과 미움이 뒤범벅되어 분별을 잃어버린 마음. 끝내 서러워 울음으로 터지는 마음이지요. 어쩌자고 이런 마음이 있는지요.

한겨울, 창밖을 살필 겨를도 없이 일에 쫓기다 일을 끝내고 보니 밤 열두시가 넘었지요. 눈발이 거세게 내리고, 차는 뜨문뜨문 엉금엉금. 대학로에서 부평까지 갈 택시를 찾는 것은 불가능이었지요. 한두 시간 넘게 거리에서 떨다 간신히 잡은

겯

택시로 신촌까지, 신촌에서 또 오랜 시간을 기다려 잡은 택시로 집까지 가니 새벽 다섯시가 되고 있었지요. 전쟁터에서 돌아온 듯 황망한 나를 보고 아버지는 화를 내셨지요. 정신을 어디에 두고 있기에 눈이 그리 오는데 전철 다닐 시간에 오지 않았는지 꾸짖으셨지요. 그때의 꽁꽁 얼어버린 눈가에서 나온 눈물이 서운이었지요. 다시 그 상황으로 돌아간대도 대중교통을 타지 못하고 일을 끝내야 했던 어쩔 수 없음을 말하지 못하고, 울어버렸지요. 다른 사람은 몰라도 가족은 무조건 너무 고생했다고, 겁나지 않았냐고 해야 하는데 아버지가 야속했지요. 그러나 이제는 알지요. 당신을 닮아 요령 없는 딸에게 좀더 상황을 챙기며 살라는 아버지의 속상함 때문이었다는 것을요. 그 밤에서 새벽까지 발을 동동 구른 것은 나 혼자만이 아니었다는 것을요.

지루한 여름을 앞두고 있었지요. 당신은 낯선 일과 새로운 공부 준비로 바빴고, 나는 뭔 조화인지 한가했기에 함께하고 싶었던 것들을 꺼내었다가도 바쁜 기색에 감추었지요. 참고 참다 인내심이 바닥나버릴 무렵, 당신은 이야기를 하자고 했지요. 그냥 미안하다는 이야기만은 아닐 거라고 생각되면서도 나도 이번만은 조목조목 짚어볼 요량이었지요. 곧 올 장마처럼 어둡고 무거운 당신은 낯설었고, 나이들어 보였죠. 따지겠다는 마음이 가시고 속상함으로 가라앉는데 당신은 말했지요. 너무 복잡하다고. 나는 당신 아니어도 되지 않겠느냐고……. 이별의 말이었지요. 그런데 어찌 이별의 말이 그런가요. 그 복잡한 사정의 일부분밖에 몰랐다는 것도 화가 나는데 헤어지자는 말로도 충분히 아픈데……. 당신 아니어도 된다니요. 무심하다못해 잔인한 이별의 말이지요. 갇히고 묶이는 것에 예민한 당신이었기에 마음의 일부분밖에 전하지 않았지요. 무게를 얹는 일에 조심했지요. 평생을 꿈꾸었기에 천천히 가도 된다고 생각했지요. 약속하지 않아도 우연히 서점에서 만나듯 그렇게 이어지고 싶었지요. 지금에 만족하지 않는 당신이었기에 나도 나로 열심이고 싶었지요. 책갈피에 끼워 말리면 글자가 그대로 내비치는 접시꽃처럼 여린 감정 따위는 내 몫이 아닌 듯 나를 내비치지 않았지요.

그래서 헤어져도 된다 생각했군요. 그래서 괜찮을 거라 생각했군요. 절반은 틀리지 않았어요. 당신의 이야기를 듣고, 나는 알았다고 했지요. 다시 생각해보라 하지 않았지요. 그리고 차를 가져오지 않은 당신을 묵묵히 전철역까지 바래다주었고 그것이 끝이었지요.

그러나 절반은 틀렸답니다. 그날 당신을 내려주고 집으로 오는 길, 내 눈앞에만 폭우가 쏟아졌지요. 기나긴 장마가 이어졌지요. 그 시간을 내내 관통한 것은 서운이었지요. 당신에

대한 서운함……. 당신의 신중함과 단호함을 알기에 일방적
인 이별을 버티는 나에 대한 서운함.
꽤 오랫동안 괜찮지 않았습니다. 그 당시 나는 당신이 아니면
안 되었고, 내가 아니어도 되었던 것은 당신이었습니다. 그래
서 돌아설 수 있었습니다. 그러나 시간이 지나 알았지요. 나
를 알고 내가 돌아설 수 있는 말을 했기에 매달리거나 화내
지 않았고, 흉하지 않은 작별을 할 수 있었음을요. 당신이 고
심하며 이별의 말을 찾았음을요.

서운함에는 늘 물기가 함께이죠. 그것도 스며들고, 고이는 물
기이죠. 그래서 서운은 얼룩이 남기 마련이죠. 서운했던 일과
사람은 잘 지워지지 않는 법이죠. 화에는 이해와 용서라는 어
른의 알약이 필요하죠. 그러나 서운함이 가시려면 조심스럽
게 순한 물약을 써야 해요. 서운함은 좋아하는 마음에서 시
작되기에 아픈 것이 당연함을 그냥 받아들여야 해요. 천천히
나을 수밖에 없음을 알아야 해요. 아이는 약이 아니라 울어
서 낫듯이 그렇게 나를 위해, 서운함을 준 상대를 위해, 많이
울어서 나아야 해요. 눈물로 빨래를 하고 나면 언젠가 마르
는 법이죠. 흘린 눈물이 많다면 얼룩도 사라지겠죠.
신의 술은 인간의 눈물이 아닐까 싶을 때가 있어요. 그래서
신은 늘 맑고 취하지 않으시죠. 더 사랑하고, 더 낮아지시죠.

술

296

내가 나로 술을 빚는다면 서운으로 빚을래요. 살아오며 서운했던 순간들이 꽤 있었는데 햇빛의 힘으로 많이 마르기도 하고, 익어가며 사라지기도 해 그리 많지는 않네요. 사십 년이 지나니 이제 거친 결은 잦아들고, 둥글둥글해져가네요. 불순물도 많이 가셨네요. 더 시간이 지나고, 사랑과 서운함이 별개가 아니기에 사랑도 서운함도 이제 됐다는 마음이 되면, 눈물 같은 술 한 병은 남길 수 있겠죠.

넘어서는 일

풀이되 나무로 살고, 한겨울에도 푸르다. 비움을 채우기 위해
마디를 지으며 자라나고, 바람을 닮아 강한 바람에도 쓰러지
지 않는다. 좀처럼 꽃을 피우지 않으나 꽃이 피면, 주변을 모
두 꽃피게 하고, 함께 죽어간다. 꽃핌이, 열매 맺음이 죽음이
되는 것이다. 대나무이다.

잎이되 꽃으로 살고, 꽃을 지킨다. 여린 꽃을 보호하는 화포
로 태어나 자주, 옅은보라, 오렌지, 흰색으로 빛나다 꽃이 불
에 탄 듯 검게 스러지면 함께 시들어간다. 꽃으로 태어나지
않았지만, 그럼에도 물들고, 그럼에도 가벼워져 꽃으로 살다
간 것이다. 부겐빌레아(Paper Flower)다.

침엽수가 활엽인 단풍처럼 낙엽을 떨군다. 곧게 하늘로 뻗어

나가 푸르게 빛나다 가을이 오면 황금빛으로 물들어 끝까지 가을을 지키다 비처럼 내린다. 낙우송으로도 불리는 낙엽송이다.

이렇게 스스로를 넘어서 살려는 것들의 간절함 앞에서는 두 손을 모으게 된다. 애틋한 마음이 된다. 얼마 전 간절함으로 가득한 물길을 지났다. 오키나와 나하에서 비행기를 타고 오십 분여를 가면 이시가키 섬이 있고, 이시가키 항에서 배를 타고 또 오십 분을 가면 이리오모테 섬이다. 사람이 자연에 게 양보해 아름다운 섬이다. 그 섬 속으로 들어가면 맹그로 브 숲이 나온다. 어린왕자가 별을 지키기 위해 뽑아버린 바오 밥나무가 이곳으로 와 거꾸로 물속에 자리를 잡은 듯 비현실적이다. 맹그로브는 해안선 수면에 물과 함께하며 수백 개의 뿌리가 물위로 모습을 드러내고 있다. 땅속에 자리잡아야 할 뿌리가 물속에서 숨쉬고 버티는 안간힘이 고스란히 전해져 저절로 몸에 힘이 들어가고, 나도 그 속으로 파고들어간다. 나의 뿌리는 하나가 아님을, 수많은 뿌리가 하나되어 나라는 나무가 됨을, 수많은 간절함이 있었고, 수많은 흔들림이 있었 음을 몸으로 느낀다. 배를 타고, 사십여 분 맹그로브 숲을 지 나며 물속을 헤맨 듯 흥건했다.
스스로를 넘어서는 술이 있다. 와인, 맥주, 청주는 뜨거운 불과 만나, 버리고 버티며 브랜디, 위스키, 증류식 소주가 된다. 와인, 맥주, 청주가 살아 있는 술이라면 브랜디, 위스키, 소주는 살아가는 술이다. 살아 있다는 것과 살아간다는 것은 같으면서도 참으로 다르다. 전자는 삶의 아름다움과 닿아 있고 후자는 삶의 슬픔과 닿아 있어 전자는 섞이려 마시고, 후자는 혼자이고자 마신다. 전자는 시작의 술이고, 후자는 헤어짐의 술이다. 전자는 단문의 술이고, 후자는 장문의 술이다. 오키나와에서 만난 일본의 가장 오래된 증류주인 '아와모리'도 그러하다. 시게치사케(강한 술이라는 뜻)라고도 불리었던 아와모리는 지리적으로 가까운 타이 쌀을 누룩으로 만들어 물, 효모와 섞어 발효시킨 뒤 단식증류기에 증류한 술이다. 아와모리의 미덕은 숙성에 있어 3년은 기본이고, 30년, 50년, 100년, 200년 된 숙성주로 존재한다. 백 년이 넘는 숙성주를 지킬 수 있었던 것은 가장 오래된 술이 사라지는 만큼을 그 다음으로 오래된 술을 넣어 맛과 양이 줄지 않도록 보존했기 때문이다. 좋은 술을 남기고 싶다는 소망이 지혜를 만드는 것이다. 아와모리는 그 미덕과 지혜 만큼 향기롭다. 오크통에서 숙성시키는 브랜디나 위스키와 달리 술독에서 숙성시키기 때문에 쌀의 순수함이 오롯이 깊어간 맛이다. 부드럽지만 사케와 달리 위스키처럼 깊고 멋진 향기를 머금고 있다. 아와모리 중에 시구레(時雨, 가을소나기)라는 브랜드가 있는데 아와모리는 가을소나기 같다. 늦가을부터 초겨울 사이에 내리는 붙들 수 없는 늦가을의 정취와 찬 서리의 맑음이 공존한다.

경계를 넘는다는 것은 무릎걸음 같고, 기도 같아서 멋진 일이다. 사는 일도 경계를 넘는 시기가 온다. 삶의 후반기에 온 나는 멀지 않은 언젠가, 삶의 전반기를 꼭 안아줄 생각이다. 그리고 한동안 떠돌리라. 한곳에 오래 머문 내게 주는 가장 큰 선물일 게다. 그리고 돌아와 뿌리내리는 주소지를 바꾸고, 생계를 꾸려가는 노동의 모습을 달리하고 싶다. 그간 잎이었다면 꽃으로 한번 살아보고 싶고, 그간 나무였다면 풀로 한번 살아보고 싶다.

변신, 변화란 그간 그러지 못했던 나를 만나러 가는 길이기에 실패로 끝나더라도 헛되지 않을 것이다. 전반기의 경험으로 실패에도 너그러워지는 길이 될 게다.

겉

—

그늘이 없는 음식을 사랑하지 않는다

누군가 자신은 그늘이 없는 사람을 사랑하지 않는다 했다. 그 마음을 알 것 같다. 아름다운 그늘이건, 어두운 그늘이건, 편안한 그늘이건, 서늘한 그늘이건, 슬픈 그늘이건 그늘은 그저 만들어지는 것이 아니다. 햇빛을 피하지 않고 오래 서 있거나, 어둠을 두려워하지 않고 침잠해간 고통의 시간이 있었기에 그늘은 만들어진다. 그늘이 있어야 머무를 수 있다. 그늘이 있어야 추억할 수 있다.

같은 이유로 나는 그늘이 없는 음식을 사랑하지 않는다. 음식의 그늘이라는 것은 맛있다 맛없다는 분류와는 다른 차원이다. 음식의 그늘이라는 것도 애쓰고 깊어간 하나의 세계가 오는 일이고, 그 세계가 때로는 정겨워서, 때로는 사무쳐서,

겉

때로는 손길 같아서, 때로는 회초리 같아서 놓아지지 않고, 기억하고 싶어 뭔가 끄적거리게 된다.

무밥

음식점에서 무엇이 진짜이고, 그 길이 어찌해야 하는지 배운다. 무의 단 수분이 쌀 속으로 배어들어 투명하고 촉촉한 밥알갱이가 되고, 채식도 좋지만 조금은 타협해도 괜찮다고 식감 있고 질 좋은 쇠고기 조각이 더해져 입안에서 씹히고 녹아드는 무밥. 여기에 조선간장, 양조간장, 부추, 마늘, 깨, 손으로 썬 듯한 성긴 고춧가루가 어우러진 양념장이 곁들여진다. 그러나 그게 다가 아니다. 어린 멸치를 다진 청양고추와 함께 섞어 고은 다대기가 얼얼칼칼을 기다린다.

하나가 더 있다. 단맛이 빠진 슴슴하고 부드러운 무밥의 무에게도 한때 야무지고 도도했던 시절이 있었음을 잊지 말라고 가늘고 짭조름하게 무친 무채가 있다. 무밥 한 그릇에 양념장을 통해, 청양멸치 다대기를 통해, 무채를 통해 삼라만상 맛의 길이 펼쳐진다. 음식을 만든다는 것은 식재료가 있었던 풍경, 내음, 마음의 좋은 기억을 살리고, 그 기억들의 조화를 통해 또다른 행복한 기억을 만드는 일이기에 다른 것은 몰라도 음식만은 착한 사람만이 만들었으면 좋겠다. 가짜가 아닌 진짜가 만들었으면 좋겠다.

김치

김장김치는 시간이 지나야 그 체취가 드러난다. 그래서 멀리 있는 누군가에게 보내는 김치이다. 아프고 아림이 있어 받는 사람도 두 손으로 받게 되는 김치이다.

반면 오이소박이는 기다리던 사람이 오는 날, 담그는 김치이다. 서로의 곁이·고맙고 따뜻해 아삭아삭 깨무는 소소한 행복의 김치이다.

아침가리긴밭

어제 절망했다. 삼십 분 동안 은근한 불에서 구워 비늘은 바삭하고, 살점은 쫄깃한 민어, 도미, 조기 맛이 한꺼번에 나는 민어조기구이……. 곱고 앙칼진 소금 맛이 쨍한 된장과 함께 하는 촉촉함과 부드러움까지 갖춘 과메기……. 우엉의 맛과 향으로 고기를 잠재운 우엉잡채……. 곰삭은 콤콤한 향이 정겨운 아삭 통총각김치……. 더이상 짙은 농도는 세상에 없다는 '백년 넘은 집' 막걸리…….

나도 아침가리처럼 나이들고 싶다는 바람과 어려울 거라는 절망이 섞여 취할 수밖에 없다.

게딱지

간장게장 게딱지에 밥을 비비는 일이 한적한 가을 바닷가의 바람과 짭조름한 내음을 즐기는 일이라면 찐 게딱지에 밥을 비비는 것은 따뜻한 봄날, 믿어 의심치 않는 누군가를 만나는 일이다. 부드러워진 알과 내장이 오늘 언짢거나 부족했던 일을 달래준다. 음식이 자신의 가장 멋진 곳을 찾아가는 일, 참 근사하다.

술자리의 내다버리고 싶은 기억도 많지만, 땅거미가 지는 밤, 그래도 술그늘을 찾는 것은 음식그늘, 사람그늘이 함께 빚어내는 아름다운 순간이 존재하기 때문이다. 아픔과 세월을 공통분모로 사람, 음식, 술이 만나 하나가 되는 순간, 그 자리는 반딧불이숲이다. 무거움의 몸체는 사라지고 모두가 눈빛이 되는 순간, 그 순간은 순수의 순간이고, 서로의 존재에 대한 감사의 순간이다. 생은 냉정해서 대신 잃어야 할 것이 있더라도 생에 그 순간이 아직은 더 많이 남아 있었으면 좋겠다.

18years old

남자들의 세계에서 위스키를 마실 때, 로망의 숫자가 있다. 글렌피딕 18년산, 야마자키 18년산, 싱글톤 18년산, 라프로 익 18년산, 맥켈란 18년산…… 바로 18이라는 숫자!

국내 수입 싱글몰트 위스키 중 12년 이하가 67.75퍼센트, 15년이 25.95퍼센트, 18년이 5.97퍼센트, 21년이 0.29퍼센 트, 30년 이상이 0.04퍼센트를 차지한다는 수치를 보면, 왜 18년산을 좋아하는지 짐작이 간다.

18년산이라는 것은 남자들에게 군대를 다녀온 것과 군대를 다녀오지 않은 것, 결혼을 한 것과 결혼을 하지 않은 것처럼 극명하게 12년, 15년과는 선을 긋는 세계이다. 실질적 맛과 향의 차이가 중요한 것이 아니라 현실의 나는 94퍼센트에 속

하더라도 술의 세계에서만큼은 6퍼센트에 속하는 맛과 향을
누리고자 하는 로망이 시키는 일이다. 술로라도 흔하지 않은
특별함을 경험하고 싶은 치기이기도 하다.

싱글몰트 위스키에서 18년이 의미가 있는 것은 사실 맛과 향
이 가장 빛나는 정점의 시기이기 때문이다. 달에 비유하자면
15년 이하가 초승달, 상현달처럼 다 보여주지 못한 가능성이
라는 긴장감과 호기심이라면, 18년은 달이 가진 모든 빛과
힘의 눈부심이다. 21년 이상은 하현달, 그믐달처럼 농축되어
비껴서고, 사라지고, 스러져가는 것들에 대한 존경이다.

이렇듯 위스키는 호박색 액체가 숙성이라는 시간의 마법을
통해 달의 일생을 펼친다. 그 속에 번지는 꽃 향, 과일 향, 피
트 향, 캐러멜 향은 향이 아니라 숨이다. 그 흐름의 한가운데
서 있는 것이 18년산이기에 무리가 따르더라도 마시고 싶은
것이다.

얼마 전 한 축구 골키퍼의 은퇴식이 있었다. 그는 프로로 데
뷔, 18년간 개인통산 532경기를 뛰었다. 18년간 그는 우승컵
한 번을 들어올리지 못했고, 그가 2002년 한일월드컵에 출
전한 선수였음을 대부분 기억하지 못한다. 남들에게는 꾸준
하고 성실하게 비추어졌으나 그에게 선수 생활은 파란만장이
었다. 월드컵 당시 이운재, 김병지에 이은 세번째 골키퍼였던

그는 자괴감으로, 자신감의 상실로, 자존심의 상처로 세 번이나 축구를 그만두고 싶었지만 포기하지 않았다. 특히 15년을 몸담았던 팀과의 재계약이 무산되었을 때, 그는 15년산으로 끝날 수 있었지만, 그래도 기다렸다. 한 경기도 뛰지 못하고 벤치만을 지켰지만 한일월드컵 경기가 인생의 최고의 봄날이라 이야기하는 그는 빛나지는 않았지만 올곧았다. 그러했기에 그의 마지막 경기는 눈물겨운 감동의 자리가 되었다. 무섭고 두려웠던 축구공과의 아름다운 작별이었다. 평범함이 만들어낸 특별함이었다. 전북현대의 골키퍼, 최은성이다.

나도 나의 일에서 스타플레이어는 아니다. 야구선수로 본다면 평균 2할 중반대를 치며 간혹 적시타로 다행히 눈총은 받지 않으며 오래 회사생활을 할 수 있었다. 그런 내게도 한 가지 자랑이 있다면 한 클라이언트를 18년간 담당했다는 것이다. 광고대행사가 클라이언트에게 늘 좋은 결과를 내지는 못한다. 실수도 있고, 구태의연해지고, 결정적 실패를 하기도 한다. 그 과오들을 좋았을 때의 기억으로 묻어주고, 계속 기회를 주는 클라이언트는 업계에 그리 많지 않다. 운 좋게도 그런 클라이언트를 만났고, 내가 나를 의심할 때에도 클라이언트가 내가 최선이라고 이야기해주었기에 광고일을 떠나고 싶을 때, 마음을 다잡았다. 처음 만났을 때는 대리였으나 이제는 이사님이 된 18년간 함께 일한 클라이언트 카운트파트너

끝

의 흰머리를 보면 나 같고, 우리가 함께한 세월의 눈금 같다.

요즈음 그 클라이언트 일을 하며 위기가 생길 때마다 두렵다. 혹시나 광고대행이 중지되면 어떡하나 걱정이 된다. 나는 그 클라이언트의 현역으로 은퇴하고 싶기 때문이다. 18년을 넘어 21년산이 되고 싶은 것이 아니라 아직은 최선이었다고 이야기하기에는 부끄럽기에 더 애쓰고 싶어서이고, 한 클라이언트에 오래 잠겨 있었다는 한 가지 특별함은 가지고 마무리하고 싶어서이다. 나의 클라이언트, 비비안이다.

위스키를 생각하면, 가본 적 없는 스코틀랜드 북부 아일레이 섬이 떠오르고, 제대로 몸을 가눌 수 없을 정도로 거칠게 바람 부는 바위산을 올라, 다시 석탄을 캐러 한없이 바닥으로 내려가 숨쉬기 어려운 갱도에 있는 광부를 상상한다. 깊고 깊은 갱도 끝 막장 속에서 형형한 눈빛의 광부가 마시는 지하의 이탄 향 가득한 물이 위스키이다. 고단하고 절실한 노동으로 지나가는 시간, 지상으로 돌아가는 길이 막힐 수도 있는 길이 위스키이다. 무한히 잠겨 있음이 빛이 되는 지하의 별이다.

피트 향의 지존, '라가불린'을 좋아하는 스승님은 라가불린을 마시면 활활 불타오르는 화전이 펼쳐지다 어느새 소낙비가 내려 파도치는 바다로 데려간다고 한다. 스승님의 숨결에 행복이 묻어난다. 나는 아직 생에 함량 미달이라는 생각이

든다. 그래서 위스키는 아직 접근할 수 없는 '감히'의 술이다. 18년산 위스키처럼, 최은성 선수처럼, 스승님처럼 주변의 배려가 아닌 꿋꿋한 혼자의 잠김이 깊어지고 혼자의 힘이 묵직해질 때, 그때 위스키를 만날 것이다. 세월의 깊이를 가늠할 수 있어야 비로소 위스키의 맛과 향에 제대로 잠길 수 있을 것이다.

Red Sister! White Sister!

지상의 방 한 칸은 지니고 살았으나, 집 한 채는 갖지 못했다. 남보다 아주 많이 늦었고, 그만큼 기다렸기에 첫번째 집에 대한 기대와 생각이 넘친다. 집 부지도 없이 집 자재를 먼저 사놓는 격으로 집에 대한 자료만 쌓아놓고 있다. 첫번째 집이기에 바라는 것이 한도 끝도 없지만, 이런저런 한계를 고려해서, 이것저것 가지치기를 하고 남은 것 하나가 뒷마당 대숲이다. 작더라도 꼭 대숲이 있었으면 좋겠다. 영화 〈봄날은 간다〉의 상우 같은 변하지 않아 아픈 사랑 같아서이기도 하고, 또 한 가지는 때로는 소소한, 때로는 감당하기 어려운 속상한 마음, 힘든 마음을 이야기할 장소를 집 안에 두고 싶어서이다. 안개 자욱한 새벽이나 후두둑 빗소리 듣는 밤, 대숲에 서면 실패

도, 슬픔도, 아픔도 고백할 수 있고, 대숲은 모든 것은 지나
간다고, 마음 비우라고, 스스로를 이기려 하지 말라고 이야
기해줄 것 같아서이다. 마치 나의 홍언니, 한언니처럼 말이다.
오랫동안 나의 대숲이었던 홍언니, 한언니가 내년이면 오십이
다. 고단한 그녀들을 나라도 이제 대숲 역할에서 벗어나게 해
주려면, 서서히 그녀들 없이 살아갈 준비를 해야 한다. 이야
기를 들어주고 공감해준다는 것은 기운을 나누어주는 일이
다. 사람을 지탱하는 힘에 빚지는 일이다. 그래서 무엇보다 고
마운 일이다. 그 고마움을 무한정으로 탐해서는 안 된다.

홍언니를 어찌 말하면 좋을까. 내 삶의 반대에서 와서 내 앞
을 걸어가주는 사람이 아닐까 싶다. 매번 나보다 먼저 겪고,
뒤돌아보며 알려준다. 불어를 육 년간 전공한 사람답게 프랑
스적인 삶을 산다. 얽매이는 것이 없고, 주변에 개의치 않는
다. 순간에 솔직하고, 때로는 대책 없어 보이는데도 균형감이
있다. 걱정보다는 즐거움이 먼저이고, 뭘 해도 이전부터 해왔
던 듯 능숙하다. 거친 듯해도 섬세하다. 불량스러운 매력인데
따뜻하다. 크리에이터가 타로점도 보고, 마사지도 한다. 말로
손으로 힐링을 해주는 것이다. 오십대 이후의 홍언니는 힐링
센터를 하리라 믿어 의심치 않는다. 회사에서 만나 이십 년
동안 그 뒤를 따랐다. 홍언니가 아니었다면 나의 삶과 사람

의 스펙트럼이 이렇게 넓어지지 못했을 것이다. 지금보다 많이 답답한 사람이었을 것이다. 고민을 이야기하면 그 고민이 별것이 아닌 것이 되고, 실패도 붙들고 있으면 어쩌겠어, 라고 더없이 긍정적이 되어 놓아버리게 된다.

지금껏 마신 와인의 3분의 1 정도는 홍언니와 마셨다. 홍언니는 칠 년간 와인 바를 했고, 나보다 경험한 와인의 질과 지식이 몇 수 위이기에 함께 마시면 와인이 더 잘 열리고, 그 세계가 더 잘 느껴진다. 칠 년 동안 그 와인 바에서 걱정 없이 마시다 잠들었다. 와인 바의 문을 닫을 때, 가장 안타까워한 사람도 나이고, 당사자보다·더 그리워하는 사람도 나이다. 홍언니가 했던 와인 바의 이름은 불어 Rouge(영어로 Red)이다. 나의 친언니, 한언니는 나보다 곱고 야무지게 태어났으나, 언니라는 이유로 번번이 나쁜 패를 나 대신 먼저 가져간 사람이다. 대학 재수를 하고 싶었으나 일 년 더 힘들어야 할 부모님 생각에 원하지 않은 전공을 했고, 결혼할 때에도 혼수 욕심 따위는 없었다. 본인이 누리는 것보다는 가족이나 주변이 누려야 마음이 편한 사람이고, 바지런하고, 차가운 말은 하지 않고, 배려가 넘치는 사람이다. 자신보다는 남을 챙겨 나를 속상하게 하는 사람이다.

언니는 엄마보다 더 손맛이 좋아서 엄마도 언니로부터 음식을 배운다. 언니의 음식을 먹으면 음식을 만드는 동안 음식만을 바라본 맛이 난다. 아니 먹을 사람만을 바라본 맛이 난다. 치장한 음식이 아니라 최선을 다한 음식, 그것이 언니의 음식 이다.

언니가 결혼을 하고 울산에 살았을 때는 힘들 때 고속버스를 타고 울산에 갔다. 그냥 가서 언니가 해주는 음식을 먹고, 언 니를 보고 오는 것만으로 덜 힘들어졌다. 힘들다는 이야기는 꺼내지 않는다. 이제는 멀리 살아 일 년에 한두 번밖에 만나 지 못한다. 그래서 힘들 때는 전화를 한다. 지금도 이전처럼 힘들다는 이야기나 고민을 이야기하지 않는다.

일상의 안부와 한국 소식, 그곳의 소식을 이야기하다보면 마 음에 담요가 덮인다. 푹 잠자고 난 듯 힘듦이 가신다. 밝은 목 소리로 통화했는데 한바탕 울고 난 기분이다. 언니와 나는 부 모님이 만드신 한 짝의 젓가락이기에, 그 시간은 떨어져 있던 젓가락이 만나 영혼의 음식을 함께 먹는 시간이다. 그래서 힘 이 나는 것이다.

나는 지금의 언니가 제일 보기 좋다. 맏이와 맏며느리로 애쓰 며 살아온 수고로 지금은 친정, 시댁의 짐을 많이 내려놓게 되었다. 멀리 살아 보이지 않기에 이전보다 가족들 걱정을 덜 하고, 가족들 대신 스스로를 챙기며 산다. 배우고 싶은 것을 배우고, 하고 싶은 것을 한다. 이제야 언니의 인생을 사는 것 이다. 언니는 하나님이 내게 힘든 세상을 헤쳐나가며 붙들고 가라고 주신 선물이라 믿고 있다. 그래서 언니에게만은 거짓말을 할 수 없다. 언니는 나를 헹구어주는 물 같은 사람이다. 나의 고통을 헹구어주는…….

지금까지 덜 휘청거리고, 웬만한 힘듦은 그냥 지나칠 수 있었던 것은 순전히 대숲이 되어 나의 이야기를 묻어주고 감싸준 동갑내기 두 언니들 때문이다. 이번 생에서 진 고마움을 다음 생으로 미루고 싶지 않다. 단단하고 믿음직한 사람으로 이제는 내가 그녀들의 기댈 곳이 되고 싶다. 그녀들이 내게 해주었듯 그렇게 붙들어주고 싶고, 그녀들의 응원가를 불러주고 싶다. 나도 대숲이 되고 싶다.

그래서 꼭 대숲이 있어야겠다. 사는 동안 힘든 일은 계속 있을 것이고, 이제는 뒷마당, 대숲에 기대 이겨내고 싶다.

—

금주

평생 엄마의 기도로 살아왔기에, 그래서 엄마를 글로 쓰는 것은 평생이 필요하기에 내게는 불가능이다. 한 가지 말할 수 있는 것은 세상에 둘도 없을 사랑이 결혼 조건으로 술을 끊으라 하면 결혼을 망설일 것이고, 신이 술을 끊으라 하셔도 바로 따르지 못할 것이다. 그러나 엄마가 끊으라 하면 단호히 끊을 것이다.

양조장집 딸이었지만 술을 못하는 엄마는 때로는 술로 고생하고, 술로 인한 흑역사가 있었으리라 짐작되는 딸에게 한 번도 술을 끊으라 이야기하신 적이 없다. 술의 즐거움과 힘에라도 기대어 딸의 인생길이 힘에 부치질 않기를, 다만 술자리에서 돌아오는 길이 어둡지 않기를 기도하실 뿐이다. 그리고 자주 반주를 부르는 저녁상을 준비하신다. 남들 곁이 아니라 당신 곁에서 음식도 술도 달게 먹고 마시는 딸을 그저 바라보실 뿐이다.

"우리 딸, 힘들지 않았으면……."

엄마의 엄마 나이만큼만 사셔서, 엄마의 엄마 마음으로 당신의 엄마에게 가시겠다는…….

그 눈빛기도에 내가 산다.

단 한 번의 칵테일 바

어느 향수 브랜드의 '블랙베리 앤 베이' 향은 어린 시절 정원에서 딸기를 따면서 입술과 손이 붉게 물들었던 경험을 담았다고 하고, '얼그레이 앤 큐컴버' 향은 최고급 찻잔에 담겨 나오는 얼그레이 홍차와 홍차에 곁들여 나오는 오이를 넣은 샌드위치에서 아이디어를 얻었다고 하고, '피오니 앤 블러시 스웨이드' 향은 작약의 순수함, 드레스를 입은 신부의 아름다운 모습을 표현했다는 기사를 읽으며 칵테일을 생각한다.

일상에서 때로는 햇빛 쏟아지는 꽃향기 가득한 정원에 앉아 있고 싶어서, 끝없이 펼쳐지는 라벤더 벌판에 손을 벌리고 싶어서, 라임, 만다린, 레몬, 패션프루트 등 온갖 과일의 좌판 앞에 머물고 싶어서, 인적이 드문 고산 지역의 사향노루 뒤를 쫓고 싶어서 향수를 뿌린다. 향수는 몇 시간의 여행이다.

칵테일 또한 그러하다. 보리, 밀, 사탕수수, 용설란, 주니퍼 열매, 버찌 열매, 고수, 허브 등 자연의 향이 깃들인 위스키, 보드카, 럼, 데킬라, 진을 가지고 과일, 열매, 허브, 얼음을 더해 한 잔의 여행을 만든다. 게으른 천국이나 유희의 은하가 펼쳐진다. 눈을 설레게 하고, 마음을 뺏고, 기억하게 한다. 칵테일을 마시며 얼굴이 어두워지는 사람은 없다. 인생은 아름답다는 자백을 기어이 받아내는 술이다.

상상을 한다. 휴양지의 수영장, 하늘도 바람기 가득한 루프톱, 파티피플 가득한 감각적인 바가 아니다. 바다가 지척인 제주 해안 마을의 별 가득한 푸른 여름밤, 돌집의 잔디 위에 큰 모기장을 치고, 그 안에서 하룻밤만 칵테일 바를 여는 것이다. 명랑하기도 하고, 쓸쓸하기도 하다. 손님은 딱 다섯 사람이다.

먼길을 가야 하는 은하의 히치하이커에게는 설탕과 라임주스를 넣고 저어준 후 얼음, 민트 잎으로 잔을 채우고 럼을 붓는다. 애플민트 잎이 발 닿는 별마다 함께 휘날릴 것이고, 은하 여행이 『노인과 바다』의 결말과 다르지 않더라도 화내지 않을 순한 마음을 줄 것이다.

슬픔이 많아 눈동자가 더욱 빛나는 바다의 은둔자에게는 얼음을 채우고, 보드카와 크랜베리주스를 부어준 후, 레몬 조각을 띄운다. 한 번도 본 적이 없는 붉은 석양과 자취를 감추는 노란 태양이 마음에서 일렁거리고, 울음을 쏟을 것이다.

불의를 참지 못해 늘 끓고 있는 활화산에게는 허브티 티백에 탱커레이 넘버텐 진을 넣어 저어준 후 얼음과 토닉워터로 잔을 가득 채워준다. 진으로 살며시 체온을 내려주고 티로 생각의 시간을 만들어준다면, 잠깐만이라도 휴화산으로 쉬어갈 수 있을 것이다.

섬세하고 다정해서 늘 함께이고 싶으나 멀지 않아 사라질 얼음의 여행자에게는 얼음을 담고, 싱글몰트 위스키 반잔과 녹차를 넣은 후 민트 잎을 띄운다. 뜨거움도 녹차처럼 천천히 걸어갈 수 있음을 알았으면 좋겠다.

발이 부르트도록 미련하게 걸어온 섬의 산책자에게는 하귤청에 한라산소주와 얼음을 함께 갈아 넣고, 토닉워터를 부어준 후 능소화를 얹어준다. 섬이 360도인 이유는 다시 돌아오기 위함이라는 것을 알아버린 그 발에 부어주고 싶다.

생에 단 한 번 여는 칵테일 바이다. 시간은 유한하기에 부지런한 제주 할머니의 발걸음으로 아침은 올 것이고, 모두가 사라지고 잔만이 남아 있는 그곳에서 숙제 하나는 끝낸 듯 곤히 잠들 것이다.

반달 웃음

한 해의 마지막 와인 주문에 이렇게 선물이 따라왔다. "연말인데 제가 뭐 드릴 건 없고, 비록 몇 모금 안 되지만 맛보시고, 즐겁고 행복한 연말 되세요!"라는 메모와 187.5ml의 스페인 토레스 와이너리의 화이트와인이 들어 있었다. 입가가 절로 흐뭇해진다.

비싼 와인을 사는 것도, 빈번히 사는 것도 아니지만, 그냥 술만 사 가지고 나오지 않고 매번 이야기를 나누어서인지 백화점 와인숍의 자경씨는 내가 좋아하는 와인의 레이블 불량이 나오거나 할인을 하면 알뜰히 챙겨준다. 가끔 좋아할 만한 새로운 와인이 나오면 추천을 해주는데 늘 매우 만족스럽다. 일이 바빠 매장에 가지 못하면 꼼꼼한 진공포장으로 집에 보내주고, 탄산수나 음료, 와인 액세서리를 함께 보내준다. 자경씨가 쓸 수 있는 많지 않으리라 추측되는 판촉물을 보내주는 것이다.

누군가는 상술이라고 하지만, 그렇게 치부할 수 없는 자경씨의 미소, 말투, 배려가 있다. 고객의 취향을 알려 하고, 계속 체크하고, 좋아하는 것들을 가장 낮은 가격으로 사게 하는 일은 결코 쉽지 않은 일이다. 자경씨는 와인숍이 와인을 사고파는 곳이 아니라 마시는 기쁨을 고객과 함께 고르는 곳이라는 것을 아는 사람 같다. 나의 업도 크게 다르지 않기에 자경씨처럼 클라이언트에 그러했는지 묻게 된다. 반성하게 된다.

자경씨와는 이제 메일이나 문자메시지를 넘어 카톡을 주고받는다. 우리는 사고파는 관계가 아니라 나누는 관계가 된 것이다. 자경씨가 추천한 와인 중 가장 멋진 와인은 '삔띠아(PINTIA)'이다. 스페인 최고의 와이너리인 베가 시실리아의 막내격 와인으로 가난한 자의 우니코이다. 템프라니요 100퍼센트로 만들어지고, 담배 연기 자욱한 남자들의 공간에 그윽한 눈매와 붉은 입매의 매력적인 여자가 긴장감을 만드는 와인이다. 세상의 반은 남자이고 세상의 반은 여자라는 생각이 드는 와인이다. 사랑을 놓친 남자에게 괜찮다고 건네주고 싶은 와인이다. 일에 실패한 여자에게 기회는 충분하다고 건네주고 싶은 와인이다.

자경씨의 올해 마지막 추천 와인은 '도멘 아 에 페 드 빌레인 레 끌로(DOMAINE A. ET P. DE VILLAINE Les Clous)'이다. 샤르도네 100퍼센트의 화이트와인으로 과일의 시트러스와 땅의 미네랄이 동시에 느껴진다. 꽃나비가 날아다니는 듯 살랑살랑하다. 조동진의 노래 〈제비꽃〉의 너처럼 소박하고, 여리되 자유롭고 진지하다. 여유가 되면 박스째 사두고 마시고 싶은 와인이다. 자경씨가 있어 만날 수 있었다.

새해를 며칠 지내고, 와인숍 근처를 지나다가 달콤한 쇼콜라 케이크를 사들고 자경씨를 찾았다. 새해 복 많이 받으라는 인사와 케이크를 건네니 활짝 웃는다. 나 때문에 행복하다고 한다. 자경씨에게 차마 함께 고른 와인으로 내 많은 저녁이 행복했다고 말하지는 못했다. 자경씨도 나도 큰 눈은 아니어도 함께 웃으니 서로의 눈이 반달 같다.

—
프로젝트 그룹

회사 후배가 생일 선물로 미술관 티켓을 받은 덕분에 함께 〈트로이카〉 전시에 갔다. 아인슈타인의 '신은 우주와 주사위 놀음은 하지 않는다', '현실이 아무리 지속적이더라도 그것은 환상에 불과하다'는 문장 등 다양한 화두를 뼈대로 아트와 과학이, 철학과 테크놀로지가 만나 시공간뿐만 아니라 청각의 새로운 세계까지 만들어내는 것도 흥미로웠지만, 프로젝트 그룹이라는 것이 더 흥미로웠다. 영국 예술학교에서 두 명의 여자 아티스트와 한 명의 남자 아티스트가 만나 각자의 특별함을 녹여 다채로운 작품을 만들어내고 있다. 그 어느 분야보다도 미술은 작가가 세상과 사람을 자기만의 색채로 번역하는 일이기에 혼자서 닻을 내려야 한다고 생각했었는데 셋이 머리를 맞대 하나의 목소리를 전하고, 더욱 두터워지는 사유를 볼 수 있었다.

프랑스 코트뒤론 지역에 새로운 와인을 위해 뭉친 와인 프로젝트 그룹이 있다. 지금보다는 미래가 더 기대되는 코트뒤론의 땅에서 중년 남자 넷이 모였다. 11세기의 성을 와이너리로 사용하며 '바롱 루이'를 만드는 샤토 몽포콩(Chateau Monfaucon), 『신의 물방울』에도 소개되었던 '생콤 코트뒤론 레듀스알비옹'을 만드는 지공다스의 명가, 샤토 생콤(Chateau SaintComes), 진수나 전형이라는 말이 부끄럽지 않게 '퀸테센스'를 만드는 시라와 그르나슈 블렌딩의 전문가, 샤토 페스키에(Chateau Pesquie), 프랑스의 유명 와이너리를 돌며 최고의 포도원액을 모아 새로운 와인을 만들어내는 네고시앙 아비투스 와인(Avitus Wine)의 네 남자이다.

프랑스 전통 와이너리에 허용되지 않는 그들 내부에 숨겨진 흥겨움, 유머러스함, 삐딱함, 터프함 등 가지 않는 길을 가보기로 한 것이다. 일명 론 갱(Rhône Gang)이다. 그들 각자의 와이너리에서 나오는 포도원액과 아비투스의 경험으로 함께 질 좋은 다른 와이너리의 포도원액을 찾아 그들이 꿈꾸는 새로운 스타일의 와인을 만드는 것이다.

그 결과물이 현상수배범을 찾는 듯한 레이블을 가진 '원티드 갱(Wanted Gang)'과 네 남자의 수염을 그려넣은 레이블의

'홀드 업(Holdup)'이다. 원티드 갱은 세 남자의 샤토에서 오십 년에서 구십 년 된 포도나무의 최고 품종을 섞어 만든 와인으로 그르냐슈, 시라, 생소, 카리그난, 무르베르드, 크누아즈, 클라렛을 수배해 만들었다. 따라서 새로운 조화라는 목적하에 그들 최고의 패를 던져 만들었고 온갖 바다와 산, 들판의 재료로 맛의 레이어드가 층층인 감칠맛 가득한 국물로 승부하는 국숫집의 맛이다.

그에 반해 홀드 업은 레이블의 장난기마냥 가볍고 즐겁다. 신선함을 모토로 그르냐슈에 피노누아를 블렌딩했다. 부르고뉴 오베르뉴 지역의 피노누아를 찾아내고 갱처럼 '손 들어(Hold up)'를 외치고 뺏어왔다는 농담처럼 말이다. 진지했던 그들이 힘을 빼고, 모험의 세계로 떠나 만드는 와인에 담긴 메시지는 쿨하다. "와인은 즐거운 분위기를 더욱 즐겁게 만들어줄 수 있는 하나의 도구이며, 우린 새롭고 맛있는 와인을 만들 뿐이다. 그 이상도 그 이하도 아니다. 우린 론의 갱스터이다."

돌이켜보면 나의 일은 프로젝트 그룹의 연속이었다. 클라이언트 개발이나 유지를 위해 끊임없이 새로운 팀, 사람과 만났다. 서로가 서로에게 날개를 달아주는 성장의 자리가 되기도 했고, 삐걱거리다 실패의 조각을 나누고 돌아서기도 했다. 결국은 방향이 아닐까 싶다.

같은 곳을 본다면 나 100, 상대 100으로 만나 나 0, 상대 100으로도 받아들일 수 있는 마음의 공간이 생긴다. 상대의 이야기를 듣게 되고, 내가 틀릴 수도 있음을 인정하게 된다. 그러나 다른 곳을 본다면 줄다리기마냥 줄은 팽팽해지다 끊어지고 만다.

트로이카와 론 갱이 오랜 시간 공존하고, 앞으로 나아가는 진짜 비법은 알지 못한다. 하지만 적어도 그들은 힘을 주는 것보다 힘을 빼는 것이 오래가기 위해 더 필요하다는 것은 알고 있는 것 같다. 술이 힘을 빼며 익어가듯이 말이다.

* 잡지 『노블레스』의 조혜령 글 〈삶이 지루한가? 론 갱을 만나라!〉 참조

원본으로 커나가길

엄마의 새해 첫날 갈비찜보다 새해 지나 만드는 갈비찜이 맛
있는 비밀은 고기도 아니고, 배, 양파, 꿀, 파, 참기름이 들어
간 간장양념도 아니고, 밤, 은행, 대추 같은 견과 때문도 아니
다. 친가에서 새해를 보내고, 조금 있으면 벨을 누르고 찾아
올 외손자에 대한 마음이다. 손자손녀는 자식과는 또 달라
퍼주는 손길에 내일은 없다. 지금이 마지막인 듯 그렇게 손자
손녀를 사랑하신다.

간이 점점 세지는 엄마 음식도 손자손녀를 위해 만들 때는
행여 짜서 적게 먹지 않을까 노심초사이다. 아버지와 내게는
짜게 만들고도 조금씩 먹으면 된다고, 얼마 만들지 않아 괜
찮다고, 그리 당당하신 분이 말이다. 사랑이란 그런 것이다.

간에서조차 나를 버리는 일이다.

사랑 또한 물과 같아서 거슬러올라가기는 어려워도, 내리사랑은 저절로 그렇게 흐르게 된다. 자식이 아닌 조카여도 맛있는 음식을 챙기게 되고, 돈과 마음을 써도 아깝지가 않다. 외려 더 하지 못해 미안하다. 조카의 실패 앞에서는 차라리 내 실패와 맞바꾸고 싶다. 언니와 형부보다는 조카를 객관적으로 읽어내고, 힘들 때 찾을 수 있는 반듯한 이모가 되고 싶다. 조카들이 커나갈수록 제대로 살아야겠다고 정신을 차리게 된다. '자식은 부모의 거울'이라 부모가 되면 어른이 되듯이 말이다.

십대 후반 이십대 초반을 지나는 조카들에게는 어른의 말이 마음속은커녕 귓속까지 가기도 어렵다는 것을 알기에, 해주고 싶은 이야기는 책으로 건넨다. 책의 행간 속에 숨어 있는 삶의 열쇠와 책의 결을 통한 치유를 알아가길 바라는 기도와 함께 말이다. 『어린 왕자』로부터 사랑을 배웠으면 하고, 『그리스인 조르바』를 통해 자유를 열망했으면 하고, 『섬』을 필사하며 삶의 길을 고뇌하길 바란다. 과학자가 되든 건축가가 되든 직업과 상관없이 문학과 인문학이 생각의 길을 열어준다는 것을 늦지 않게 깨달았으면 한다.

생각에서 멈추는 것이 아니라 생각 이상으로 행동했으면 한다. '리쿠르트' 광고처럼 인생은 마라톤이 아니기에 어디로 달리든, 어디로 향하든 사람의 수만큼 있는 자기만의 길을 갔으면 좋겠다. 모든 인생은 훌륭하다는 것을 믿고, 비교하며 아파하지 않았으면 한다. 우리들을 대놓고 도와주는 것도, 다시 일어나는 힘이 되는 것도 사람이기에 사람과 연결되는 기쁨과 고마움을 알았으면 좋겠다. 즐거워야 힘들어도 힘이 나고, 힘들어도 계속할 수 있기에 즐거운 일을 찾았으면 한다. 그래서 가끔은 나만큼 멋진 곳은 그 어디에도 없다고 스스로에게 자부심을 갖게 되면 좋겠다. 마스다 미리의 만화 에세이처럼 '여전히 두근거리는 중'이고, '나의 우주는 아직 멀다'고 소박하면서도 어엿한 일인분으로 걸어갔으면 한다.

조카들이 더 크면 술을 함께 마시며, 술로부터 배운 것을 취중에 이야기할지도 모른다. 위스키 마스터 블렌더, 콜린 스콧은 "블렌딩은 과거의 것으로 현재를 만드는 것, 그래서 나는 과거를 통해 지금을 살고, 미래를 본다"고 한다. 사람의 삶 또한 다르지 않다.

과거에 먹었던 것, 배웠던 것, 만났던 것, 꿈꿨던 것이 블렌딩되어 지금의 내가 있는 것이고, 끊임없이 새로운 경험의 블렌딩을 통해 미래가 만들어진다.

그래서 지금이 중요하다. 하루하루가 다 우리 삶의 블렌딩의 재료이고, 나라는 술을 빚는 근간이다. 많은 것들을 늦게 깨달아, 지금의 나는 원본이 되지 못하고 어디에서 본 듯한 사본이 되어 있다. 어쩌면 그 속상함을 달래기 위해 독자적인 세계를 보여주는 블렌딩이 잘된 술을 좋고 있는지도 모른다. 부디 조카들은 지금을 소중히 하고, 자신만의 블렌딩으로 원본으로 커나가길 바라고 또 바란다.

꿈을 위해 중학교 때부터 부모와 떨어져 지내도, 흐트러지지 않는 찬찬한 조카와 스스로를 우주의 신탁이라 자처하는 막무가내 자부심의 조카가 있어 비록 사본이지만 주저앉지는 않는다. 원본이 될 조카들의 든든한 후방으로 이모도 더 성장하고 싶다.

알 수 없으니까

머리를 감으며 샴푸통보다는 린스통을 빤히 쳐다보지. 샴푸통은 투명해서 얼마나 남았는지가 보이는데 린스통은 불투명해 알 수 없으니까.

정육면체 주사위의 확률은 6분의 1이고, 앞뒤 동전의 확률은 50퍼센트이지만, 일의 확률은 늘 0퍼센트 아니면 100퍼센트지. 물거품이 될 수 있음을 알면서도 주말도 버리고, 나도 버리면서 준비해. 결과는 알 수 없으니까.

환하고 온기가 있는 곳에 머무는 것이 얼마나 좋은지 알지. 그런데 왜 외지고 어두운 곳을 찾아 들어가냐고 물었지. 중요한 깨달음은 혼자가 되지 않고서는 알 수 없으니까.

시인은 사랑은 사랑하는 사람 속에 있지 않고, 사람이 사랑

속에서 사랑하는 거라 하지. 방법을 아는 사랑은 사랑이 아니라고 하지. 사랑은 매번 속수무책이니까. 알 수 없으니까.

숲속에서 안개를 만나는 것은 축복이야. 나무들의 거리가 사라져가고, 풍경이 비워져가며 숨겨진 정거장이 모습을 드러내고 열차가 들어오지. 외롭지 않을 만큼의 속도로 달릴 거야. 대신 얼마만큼 시간이 가고, 계절이 지났는지 묻지는 마. 알 수 없으니까.

헤어진 연인을 기다리는 친구에게 어느 광고처럼 냉정하게 엎질러진 물처럼 다시 담을 수 없다고 하지는 마. 사람, 사랑, 삶은 알 수 없으니까.

기쁨과 슬픔이 따로가 아니라 등을 맞대고 있음을 알게 되어도 묻게 되지. 지금 서 있는 길이 설탕길인지, 소금길인지. 길은 오묘하지. 알 수 없으니까.

달큰한 복숭아나무 아래를 지나는 사람과 황량한 황혼녘을 지나는 사람은 마주보는 것보다는 나란히 걸어가는 것이 좋아. 붉어진 얼굴을, 돌아서려는 얼굴을 서로 알 수 없으니까.

누구든 삶에 건져 올릴 이야기는 있다고 했지. 이전에도 지금도 기다리고 있지. 내가 건져 올릴 것이 무엇인지, 낚시처럼 무엇이 잡힐지 알 수 없으니까.

모르는 술을 만나면 행복해. 마시기 전까지 그 맛을 알 수 없으니까. 마시고 난 후의 나를 알 수 없으니까.

준비의 시간

여름이다. 신맛, 쓴맛이 있어 입안에서 더 상쾌하게 기억되는 하귤청을 담근다. 하귤을 물에 담가두었다 솔로 깨끗이 문지르고, 데치고, 채반에서 물기가 말라가기를 기다린다. 물기가 사라지면 씨를 일일이 발라내며 자르고, 설탕이나 당에 켜켜이 재운다. 일주일 후면 탄산수를 넣어 상큼한 하귤에이드로 즐길 수도 있고, 여러 생각이 많은 밤, 데운 우유를 넣어 향긋하고 부드러운 하귤청라테로 잠을 청할 수도 있다.

엄마의 일손을 도와 열무김치를 담근다.
(1) 열무와 단배추를 깨끗이 씻고 다듬어 다섯 시간 정도 굵은 소금에 절인다.

(2) 양파와 쪽파도 썰어둔다.

(3) 밀가루와 찹쌀로 풀을 쑤고 그 위에 액젓, 매실청, 굵은 소금, 고춧가루를 넣고 절구로 찧은 마늘과 생강을 골고루 섞는다.

절여두어 숨이 죽은 열무와 단배추의 물기를 빼고 (3)을 골고루 섞은 후 (2)까지 버무려주다가 마지막에 소금과 고춧가루로 간을 맞춘다. 열무김치는 고춧가루가 많이 들어가면 텁텁해지기에 고춧가루의 양에 맛의 승패가 갈린다. 2~3일이 지나면 수제비나 콩국수의 친구로 같이 먹어도 좋고, 시큼한 맛이 배어나오면 국수나 찬밥에 제격이다. 더운 여름날의 입맛을 살리는 열무국수, 열무비빔밥이 손쉽게 만들어진다.

아파트 앞 살구나무에서 살구가 익어가길 기다렸는데 아버지 친구분이 살구를 보내오셨다. 작년 살구주는 설탕 양이 많아 달아졌다. 단 술은 금방 질리기에, 올해는 설탕의 양을 반으로 줄인다. 담그며 올해는 달지 않으면서 사랑스런 살구주가 되라고 다독인다. 가을이 깊어지면 살구가 저 스스로 기승전결을 걸어올 것이다.

인생은 하귤청, 열무김치, 살구주처럼 준비하고 익어가고 누리는 무수한 켜들의 퇴적이다. 그렇기에 준비 없이 수고 없이, 누릴 수 있는 것은 없다. 문을 열었는데 좋아하는 사람이 있는 것 같은 우연과 행운도 있을 수 있지만, 인생의 셈법은 대부분 고지식해서 곡식처럼 주인의 발소리를 들으며 크는 것이다. 준비의 수가 적으면 삶은 풍부해지지 못한다.

국문학의 거장은 쓰려면 그 10배를 읽어야 한다고. 그것이 글쓰기의 윤리라고 한다. 그렇듯 사랑받으려면 그 10배를 사랑해야 한다. 그것이 사랑의 윤리이다. 무언가 이루기 위해서는 그 10배를 준비해야 한다. 그것이 인생의 윤리이다.

남이 해주는 음식과 술을 먹고 마실 때는 모르지만, 직접 음식을 만들고 술을 담가보면 어마어마한 준비의 시간이 필요하다는 것을 알게 된다. 준비의 시간이 길면 길수록 음식과 술은 깊어진다. 음식은 살이 되고, 술은 피가 되기에 더욱 준비의 시간이 필요하다.

더위를 피해 쉬어가야 할 여름이지만 처리할 일도, 프로젝트도 많다. 지치기도 한다. 그래도 음식과 술로부터 배운 지혜로 조금만 툴툴대고 준비하련다. 준비하면 성공이든 실패든 결과에 상관없이 성장할 것이고, 미리 애쓰고 나면 그만큼의 배짱과 시간이 주어진다. 놀 시간이 올 것이기에 힘내보련다. 하귤청이 웃음 짓고 있다. 열무김치도 익어가고 있다. 살구주도 기다리겠다고 한다.

상선여수

어느 술자리에서 들었다. 얼굴점을 보는 집이 있는데 특이하게도 얼굴의 반쪽 면이 과거이고, 또다른 면이 미래라고 한다. 그러나 왼쪽 면이 과거, 오른쪽 면이 미래로 정해져 있지는 않고, 사람마다 다 다르다고 한다. 완벽한 좌우 대칭의 얼굴은 없고, 배우들도 옆얼굴 촬영시 대부분 예뻐 보이거나, 본인의 캐릭터가 사는 얼굴 면이 따로 있어 그쪽으로만 촬영을 고집하는 것을 보면 분명 왼쪽과 오른쪽 얼굴이 다른 이야기를 품고 있는 것은 맞는 것 같다.

그 소리를 듣고 집에 돌아와 거울 앞에서 얼굴을 유심히 본다. 한참 응시하니 정말 다르다. 상대편에서 볼 때 내 왼쪽 얼굴이 살짝 더 위로 치켜져 있어 더 어려 보이고, 눈동자도 더

겉

반짝이고, 생기 있고, 표정도 더 감성적이다. 더 눈이 간다. 셀카 찍은 것을 살펴보니 다 왼쪽 얼굴을 내밀고 있다. 미래는 더 마음을 흔드는 쪽이었으면 하기에 미래는 왼쪽 얼굴에 있다고 스스로 정해버린다.

내 나이쯤 되면 입밖으로 내놓고 이야기하지는 못해도 본인의 치명적인 결함이 무엇인지 정도는 안다. 내 결함은 치우침에 있다. 나는 높은 산에 올라섰을 때, 한눈에 지형과 음영이 다 드러나는 솔직한 풍경이 아니다. 빙산으로 살고자 했다. 멀리서 볼 때, 에메랄드빛으로 보이는 빙산의 일각마냥 세상의 좋은 것, 따뜻한 것, 고운 것, 순한 것, 착한 것이라 불리어지는 것만을 좋고, 그렇게 보이고 싶었다. 어쩔 수 없이 악이라 불리우는 것, 고통으로 점철되는 것, 고해성사를 해야 하는 것, 싸움이 되는 것, 화내는 것, 상처가 되는 것은 다 어둡고 차디찬 물속으로 밀어놓고 숨겨왔다. 한쪽 면만으로 살고자 했기에 단조로웠고, 왜곡되었다. 세월의 파도로 불쑥 드러나는 빙산 아래의 흉한 일면을 가리는 것도 이제는 지치기도 한다.

그래도 이 생은 빙산으로 갈 것이다. 죽을힘을 다해 빙산을 뒤집어 세상 속에 드러내지 못했던 면까지 드러내 양면으로 살지는 못하겠다. 어둡고 부끄러운 내면을 드러낼 용기를 배우기에는 너무 늦었다. 가면을 쓰고 갈 수밖에 없다. 숨기고 산 죄로 의지에 의해 떠도는 것이 아니라 조류에 떠밀리고, 암초에 부딪히고, 끊임없이 헤매다 끝내 녹아버려 사라진다 해도 어쩔 수 없다. 어리석어도 선택이었다. 북극의 빙산이 아무리 떠돌아도 녹지 않고 온전히 따뜻한 지중해로는 갈 수 없다는 것을 명백히 알고도 가는 길이다.

그래서 슬프다. 그래서 술과 함께 녹아간다. 술 속 불의 기운이 더 빨리 빙산을 녹일 것이다. 녹아 사라지는 길에 서니 점점 맑은 술이 좋아진다. 노자의 도덕경을 보면, '상선여수(上善如水)'라는 구절이 있다. 가장 좋은 것은 물과 같기에 물처럼 살아야 한다.

그래서 좋은 물로 만드는 술이 좋다. 맑기 때문에 흘러서 흔적을 남기지 않고, 기억을 남기지 않는 술에 눈을 뜨고 있다. 점점 향도 맛도 진하지 않은 술, 물과 같은 술이 좋아 가까워지고 있다. 이전에 마시지 않았던 소주를 마시는 이유이기도 하다.

니가타 여행에서 에치고 유자와 역 근처에 있는 시라타키 양조장을 찾았다. 일본어로 상선여수란 뜻을 가진 조젠미즈노고토시 사케를 만드는 양조장이다. 소설 『설국』의 무대답게 '국경의 긴 터널을 빠져나오자, 눈의 고장이었다'는 첫 문장처럼 눈이 쌓여 있었고, 끊임없이 눈이 녹아내리고 있었다. 거대한 설산의 깨끗한 물과 강설로 자라난 질 좋은 쌀로 '상선 여수'가 만들어지고 있었다. 사무실에 들어가니 '물처럼 살자' 라는 사훈이 걸려 있다. 물처럼 살면서 물 같은 술을 만들고 자 하는, 입에 머금으면 멈추지 않고 맑게 흘러 스르르 번지 는 순박한 맛. 행복한 기운으로 살짝 어깨를 짚어주고 사라지 는 술을 만들고자 하는 그 마음이 고스란히 전해졌다.

그 밤 30미터가 넘는 높이의 설송(雪松)이라 불리는 히말라 야삼나무 아래 묵으며 물 같은 술을 아주 천천히 마셨다. 창 밖 눈은 그치지 않고, 세상의 끝 같은 수묵화 풍경이 내내 펼 쳐졌다. 소설처럼 밤의 밑바닥이 하얘졌고, 잠들지 못했다. 흔적도 없이 사라지는 일은 두렵지만, 그 밤의 기억이 있어, 그 술이 있어 갈 만하다.

곁

바닷속 술집

키 작은 관목을 지나 황량한 모래 언덕 위에 석양을 등지고
말을 타고 달려오는 한 남자가 있지. 사막 한가운데 신기루
같은 객잔 안, 한낮의 찌는 더위를 가리고자 세운 나뭇가지
담과 얼기설기 엮은 덮개 틈으로 어둠의 그림자가 퍼지고, 기
다리던 다른 남자는 술잔도 없이 술독을 앞에 두고 있지. 둘
은 만나지만 누군가는 술을 마시고, 누군가는 술을 마시지
않지. "술을 마시면 몸이 달아오르고, 물을 마시면 몸이 차가
워지지."
책상 위에 앉은 먼지도 바람이 되는 따스한 오후의 산책 같은
프로방스의 고르드 마을에 개인 와이너리가 있지. 인생을 다
알아버린 삼촌이 1964년산 와인을 따며, 어린 조카에게는 물

탄 와인을 주며 말하지. "코미디와 인생에서 가장 중요한 것이 무엇인 줄 아니? 바로 타이밍." "내가 와인 만드는 걸 좋아하는 이유는 한 모금만 마셔도 거짓말을 할 수 없게 되기 때문이란다. 너무 빠르거나 너무 늦거나 하지 않고, 와인은 언제나 네 입술에 끊임없이 말을 걸지. 아주 태연하면서도 정직하게 말이야."

물론 현실에서는 사막의 순정 가득한 살인청부업자와 함께하는 술자리도, 쓸쓸한 대사도 없지. 와이너리와 집을 물려줄 삼촌도 없고, 삼촌이 인생으로 이야기하는 깨달음도 없어. 그래도 술자리가 더없이 좋을 때가 있지. 살며 다시는 스치지 못할 것 같아 마음의 곳간을 풀게 되는 정경과 그 자리 내 속에서 툭툭 던져져 자국이 되는 말.

넥타이를 맨 직장인들이 가득한 도쿄 신바시 대로에서 벗어나 골목 사이를 한참 들어가면 '홋키(北輝)'라는 술집이 있어. 북휘 즉 북쪽의 빛남이라는 한자에 걸맞게 홋카이도 요리가 가득한 집이야. 우선은 홋카이도 맥주인 삿포로 생맥주로 시작했어.

그러고는 돌아가고 싶지 않았어. 구운 백골뱅이, 일일이 손으로 살을 발라준 털게, 더이상 잘 구울 수 없는 긴끼라는 생선구이 등 홋카이도 바다를 옮겨온 술안주 때문만은 아니야.

여름 폴로셔츠 깃을 세우고 정성껏 음식을 준비하는 육십대 주인아저씨 때문이야. '홋키'가 무엇이냐고 물으니 북쪽의 빛남이 아니라 北輝와 발음이 같은 홋카이도 명물, '함박조개 (北寄)'라 하며 마음속 어딘가를 향해 미소를 지으셨어. 웃는 아저씨의 이마, 눈가, 입가에 지어지는 주름은 세로가 아니라 가로였어. 순간 함박눈, 함박꽃, 함박웃음. 모두가 눈앞에 펼쳐졌어. 더이상 행복할 수가 없었고, 그냥 알게 되었어. 이 집의 술과 음식이 맛을 뛰어넘어 손목을 잡는 것은 그리움이 담겨서라는 것을 말이야.

아저씨는 도쿄에서 홋카이도를 살고 있는 거야. 그리움의 눈빛과 그리움의 손으로 홋카이도를 만들고 있는 거야. 그리고 그 그리움의 표정은 신산스러운 세로 주름이 아니라 따뜻한 가로 주름을 만들고 있었어. 음식보다도 가로 주름을 배우고 싶어 아주 오래 앉아 있었어.

동교동 기찻길 부근에 '천사의 몫'이라는 바가 있어. 군더더기가 없어. 그냥 술과 얼음과 천사 같은 총각 두 사람이 있어. 아버지 덕분에 어려서부터 코냑을 즐기다 위스키 마니아가 된 주인 총각이 본인이 좋아하는 스코틀랜드, 아일랜드, 일본의 위스키를 구해다 파는 거야. 술에 취하는 것이 아니라 술을 즐겼으면 하는 바람으로 처음에는 한 손님당 한 잔씩만

팔려고 했대. 그러나 주변의 만류로 세 잔씩만 팔고 있어. 그
래서 '천사의 몫'에 가면 신중해지지. 주어진 것은 세 잔이니
까. 심혈을 기울여 골라야 해. 세 잔이니까. 벌컥 마시는 일은
불가능이야. 시간을 들여 맛보고 또 맛보는 거야.

일하는 총각의 손을 사랑해. 위스키를 지거에 붓고, 길고 섬
세한 검지와 약지로 지거를 들고, 싱글몰이 든 컵에 부어줄
때의 그 손은 성만찬 때 살과 피를 나누어주시는 목사님처럼
경건해. 더 멋진 것은 일하는 총각이 위스키나 여러 스피리츠
를 가지고 칵테일을 만들어줄 때야. 그 손이 큐브아이스, 허
브, 레몬 껍질을 만지는 것은 같이 춤을 추는 거야. 기다란
바스푼, 셰이커, 스트레이너와 함께일 때의 손은 마술의 시간
을 만들어.

어느 날, 멋쩍어서 망설이다 일하는 총각에게 내게 어울리는
칵테일을 만들어달라고 했어. '올드팔'을 만들어주더군. 총각
도 내가 술의 오래된 친구라는 것을 눈치챈 거지. 시작은 살
짝 달지만 끝은 많이 쌉쌀한 술이야. 쌉쌀하다가 달아지는
술보다 백배는 매력적이지. '천사의 몫'을 알고 감정도, 사랑
도, 열심도 남기는 연습을 해. 다른 날, 다른 사람, 천사를 위
한 몫 정도는 남겨야지. 그리고 사는 일이 끝을 다해간다 해
도 어찌 다 채워지겠어. 채워져도 자주 빈 마음이 되는 것이
사람인데……

술집을 많이 다녔어도 꼭 가보고 싶은 술집이 남아 있어. 바닷속의 술집이야. 영화 〈그랑블루〉의 쟈크와 엔조가 수영장 물속에서 해맑게 서로를 바라보며 마시고 춤추듯이 그렇게 바닷속에서 술을 머금고 춤추고 싶어. 삶과 죽음의 경계에서, 현실과 환상의 경계에서 어른거리는 지상을 잊고 싶어. 다만 그 속에서 나의 심장박동이 무엇으로 뛰었는지 깨닫고 싶어. 한 모금으로 충분할 거야. 머지않았지. 사면이 바다로 둘러싸인 곳으로 갈 것이고, 어디로 발을 뻗어도 바닷속으로 갈 수밖에 없을 테니까.

결

―
누이

"다른 사람에게 빌릴 수 없는 자신만의 도구인데 왜 젓가락
은 본인이 고르지 않을까. 옷과 구두는 신어보고 사면서, 왜
젓가락은 손에 맞추어보지 않는 것일까." 어느 젓가락을 만드
는 사람의 말이 마음에 남았었는데, 내게 오각의 흑단젓가락
이 생겼다. 손으로 우아하고 날렵하게 깎은 젓가락에서 함부
로 쥘 수 없는 기운이 느껴진다.

바른 뜻과 우리 것에 대한 사랑으로 우리 문화와 자연을 지
켜나가는 오라버니가 챙겨주신 선물이다. 여행길, 까다로운
분이 심사숙고하며 고르셨을 생각에 제대로 음식을 고르고,
언어를 고르고, 마음을 고르고, 삶을 고르는 것으로 감사하
겠다고 젓가락을 쥐어본다.

오라버니에게 많은 것이 감사하지만, 생각의 시간을 주는 곳으로의 초대는 두고두고 감사하다. 새해 지나, 평창과 정선 사이에 있는 미탄의 청옥산 하늘 아래 대규모 고랭지 배추밭 육백 마지기로 데려가신다. 무릎까지 푹푹 빠지는 드넓은 설산에 미처 수확하지 못한 배추와 무가 투명하게 얼어 있고, 눈옷을 입기에는 너무 마른 풀과 눈옷을 입은 눈꽃나무들이 끝도 없이 머리를 내민다. 눈꽃을 먹으니 나무의 맛이 난다. 촉촉히 젖은 흙에 나뭇잎이 떨어지길 기다린 풀을 섞은 맛이 나무의 체취인 듯하다. 나무와 한몸이 되어버린 눈꽃에 그 체취가 스미었다. 신께서 세상에서 뒹굴라 하시면 이곳에서 뒹굴고 싶어졌다. 이 세상 떠나는 날은, 며칠이면 눈밭에 스며들 노루의 점 같은 작은 발자국 몇 개만 살짝 남기고, 수의 대신 눈꽃을 입고 가고 싶은 소원이 생겼다.

굿판은 문외한이었다. 일신상의 맺고 풂을 위해 펼쳐지는 한바탕 바람의 판이라고만 생각했었는데 기장 별신굿을 보여주신다. 일주일간 50여 개의 굿이 끊임없이 이어진다. 또래 친구처럼 컵케이크를 좋아하는 젊은 무당부터 서슬 퍼런 눈빛도 잦아든 당주까지 마을의 풍요와 풍어를 위해 바라고 또 바란다. 신명이 나기도 하고, 서럽기도 하다. 별 하나 보이지 않는 어둑한 밤, 굿판 회장 위를 펄럭이는 오색의 안녕과 태평의 깃발을 보며 지금까지 내가 아는 바람은 순백으로 깊이를 내려간 기도였으나, 세상 어딘가에 찬란한 색과 흥으로 쿵 쾅쿵쾅 일렁일렁 솟구치는 바람도 있었음을 알게 된다. 무당 이 읽고 빌어준 나의 소원도 어느새 하늘을 날고 있다.

자연과 생활과 더불어 공존하는 소리를 좇고 기록하는 오라 버니이기에 좋은 오디오와 스피커를 갖고 계신다. 베토벤의 〈운명교향곡〉도 듣고, 나윤선의 〈아리랑〉도 듣는다. 가만히 듣지 않으신다. 소리의 행방을 좇아 이리저리 옮겨가며 들으 신다. 음악은 귀로만 듣는 것이 아니라는 것을 알았지만, 몸 으로 느낀 소리가 심장에 부딪혀 다시 몸으로 파장하는 나도 스피커라는 것을 경험한다.

오라버니로부터 배우며 선물에 대한 생각이 바뀌었다. 상대 방이 갖고 싶었던 것이나, 꼭 필요한 것에 밀려 미처 사지 못 했던 것이 좋은 선물이 아닐까 싶었고, 받아서 따뜻해지는 선물을 하고 싶었다. 한때는 음식이나 술처럼 순간의 기쁨으 로 끝나고, 남지 않는 선물이 좋은 선물이 아닐까 싶기도 했 다. 이제는 경험을 주는 선물을 하고 싶다. 몰랐던 세계의 단 초가 되는 선물을 하고자 한다.

안타깝게도 오라버니는 술을 마시지 않는다. 이전에는 술로 도 한 세계를 이루었다는 분이 나와 알기 직전에 해야 할 일 에 충실하고자 단호히 술을 끊으셨다고 한다. 술자리를 만드 시고, 술자리에 함께이지만, 잔을 나누지는 못한다. 신념의,

책임의 견고함을 알기에 술을 권할 엄두는 내지 않는다. 나도 무언가를 위해 술을 끊을 수 있을까 생각한다. 절대적인 그 무엇에 대해 말이다.

이렇게 부족함을 깨우쳐주고, 직시하게 하고, 다양한 경험을 주는 오라버니라는 후원자가 있어 조금씩 넓어지고 있다. 가끔은 생면부지의 내가 만나자마자 왜 누이가 되고, 이렇게 도움을 받고 있는지 궁금하다. 왜 누이인지는 많은 세월이 지난 후에나 들을 듯하다. 그때 오라버니는 지킬 것을 지켜내고, 더 많은 것을 기록했을 것이다. 그때는 카메라도 소리를 담는 녹음기도 다 손에서 내려놓고, 누이가 주는 술 한잔은 받으셨으면 한다.

얼마 전 오라버니는 묻는다. 나무는 무엇을 품고 있는지, 돌은 무엇을 품고 있는지 말이다. 나무는 물을 품어 나무가 되고 돌은 불을 품어 돌이 된다. 나무를 베면 그 안에 물이 스며 있고, 돌을 깨면 무지갯빛으로 빛나던 불의 흔적이 숨어 있다. 사람은 사랑을 품어 사람이 된다는 것을 말하지 않았다.

결

時間旅行地

바다포차

fish

시실리

時失里 : 시간을 잃어

곁

오래간만에 '자연인 모임'의 수뇌부 술자리이다. 허리를 다친 바다의 입원으로 원래의 약속보다 열흘 이상이 미루어졌다. 모임의 고문이자 나의 팀장님이셨고, 본부장님이셨고, 지금은 스승님이신 분도 모시는 날이라 서둘러 술자리에 가니 아직 아무도 없다.

'시간을 잃어버린 마을'이라는 술집에서 시간을 되돌려 스승님을 생각한다. 모범과 소심의 유전자를 타고난 내게 세상은 들여다보는 것에서 시작되고, 즐기는 것에서 마무리됨을. 그것이 한량의 길이고, 선비의 덕목임을 깨우쳐주시는 분이다. 미국에 가시며 내 첫 차였던 르망도 헐값으로 주셨고, 강아지 미셸도 주셨고, 늘 무엇이든 시작할 수 있는 나이라고 용기를 주셨던 분이다. 음식과 술에 대한 관심도, 좋은 밥집과 멋진 술집도 다 스승님을 통해 왔다. 환갑 앞에서 이끼 낀 바위를 보면 가슴이 뛰고, 보사노바를 좋아하고, 탱고와 칵테일을 배우는 분이다. 밥하는 남자이고, 식물적인 시간을 걷는 분이다. 스승님 생각을 하니 스승님이 들어오시고, 곧 동생 바람도, 바다도 뒤를 이어 들어온다.

시작은 흑생맥주다. 스승님은 얼마 전에 다녀오신 북유럽 여행 사진을 보여주신다. 여름 북유럽의 자연과 건축, 스칸디나비아 디자인이 살아 있는 호텔 속에 스승님은 원래 그곳에 사셨던 듯 자연스럽다.

이른 나이에 임원이 되어 그 짐이 짠한 바다는 더 해쓱해졌다. 와이프가 수술을 해야 한다고 한다. 그러나 일 때문에 정신없던 바다와 공부 때문에 바빴던 와이프는 이번 계기를 통해 더 많이 대화하고, 서로를 바라볼 것이다.

바람은 기세등등하다. 규모가 있는 광고대행사와의 경쟁에서 이기고 화장품 광고를 담당하게 되었다고 한다. 이제 바람에게서는 더이상 걱정하지 않아도 되는 탄탄함이 느껴진다.

모듬 해산물, 문어숙회, 육회, 볼락구이와 함께 소주잔이 바쁘다. 그사이 자유와 여유를 좇아 프리랜서가 되었으나 향초, 오가닉비누를 만드는 가내수공업까지 겸해 가장 바쁜 포도가 뒤늦게 합류한다. 그런데 이게 웬 인연인가…… 삼청동에서 와인 바 '까브'를 하다 중국으로 가셨던 사장님이 술집의 셰프로 일하고 있다. 칠팔 년 세월이 지났는데 그대로다.

더더군다나 몇 테이블 너머에 와인 선생님까지 와 계시다. 술자리는 반가움, 흥분, 즐거움으로 더욱 왁자지껄해진다. 붉어지는 얼굴들과 함께 시간이 자꾸만 이전으로 돌아가고, 밤이 있는 삶의 낭만 속에 취한다. 다 같이 젓가락과 숟가락을 담그는 홍게라면으로 취기를 다스리고, 잃어버린 것들을 찾아 나온다.

위스키의 세계를 탐닉하는 스승님을 따라 2차는 위스키 바다. 소주나 맥주를 파는 술집이 동적인 시간 위에 있다면 위스키 바는 정적인 시간 위에 있다. 그 정적인 이미지를 만드는 것은 고고하고 인내가 깃든 높은 도수의 술보다 얼음이다. 나는 장갑을 끼고, 큐브아이스를 다듬거나 싱글볼을 깎는 바텐더를 늘 유심히 바라본다. 칵테일보다도 싱글볼 깎는 법을 먼저 배우고 싶다. 손의 온도가 차가워진다 해도 배우고 싶다. 가지런히 연필을 깎지 못해 글쓰기는 제멋대로가 되었지만, 많은 시간 연습하고 또 연습해 싱글볼은 그 어느 곳으로도 치우치지 않게 깎아서 제대로 마시고 싶다. 와이프를 챙겨야 하는 바다가 일찍 자리를 뜨고, 스승님과 나, 바람과 포도가 남는다.

2차쯤 오면 생활과 생업에서 꿈으로 이야기의 주제가 바뀐다. 콧속을 맴도는 위스키 향과 가슴에서 맴도는 위스키 기운 속에 스멀스멀 꿈이 피어오른다. 무엇을 해도 전문가가 되는 고수 기질의 스승님과 포도가 진지하게 무언가에 대해 이야기한다. 가드닝을 좋아하는 두 사람은 허브에 대해 이야기할는지 모른다. 바람과 나는 위스키 바를 나와 위스키 바 맞은편 빌라 계단에 앉는다. 여름이 아직 남았는데 밤바람이 제법 시원하다.

바람에게 앞으로 살고 싶은 곳이 어디인지 미처 이야기를 하지 못했다. 어디에서 살고 싶고, 왜 그곳인지 이야기한다. 아직은 와이프와 함께 어린 두 딸을 사랑으로 키워야 하는 바람은 쓸쓸하지만 자유로운 누나가 부럽기도 하고, 걱정스럽기도 한 듯 쳐다본다.

바람은 얼마 전 어머니로부터 오래된 살림살이를 물려받았다고 한다. 받은 살림살이 중에서 함지박 두 개를 주겠다고 한다. 우리 엄마 함지박은 하나뿐이고 그것은 언니의 몫이라 내가 늘 갖고 싶어하던 것을 바람이 어찌 알고 챙겨주겠다고 한다. 이곳을 떠나는 날은 바람으로부터 함지박을 챙겨 떠날 것이다. 새로운 곳에서는 함지박에 음식을 담고, 음식을 버무릴 것이다.

늘 취하는 바람과 나도 오늘처럼 이렇게 취하지 않는 날들이 점점 많아질 것이다. 더이상 젊지 않은, 흐트러짐에 마냥 관대해질 수 없는 나이로 가고 있다. 스승님도, 바다도, 바람도, 포도도…… 우리는 가족은 아니나 마음의 공동체이다. 가족을 걱정시킬 수 없어 이야기하지 못하는 현실성이 떨어지는 허황되고, 난감한 꿈도 우리는 서로가 괜찮다고 해준다. 다들 모질지 못하고 나쁠 수 없기에, 스승님이 춤바람 나도 그것은 언니와 함께일 것이고, 바다가 다 버리고 깊은 바다로 간다 해도 아들과 함께일 것이고, 바람이 멀리 떠나는 것도 와이프의 배웅 속에서일 것이다.

바다의 돌이 반짝이는 것은 돌이 스스로 반짝여서가 아니다. 바다의 물 때문이고, 햇빛 때문이다. 우리는 서로가 서로를 반짝이게 하는 결이다. 곁이 있다는 것, 참 따스하다. 힘이 된다.

—

거스르다

여름밤 속에서 가을은 그렇게 시작되고 있었다. 자다 깬 새벽, 하루 사이에 달라진 바람의 기색에 계절처럼 거스를 수 없는 것을 생각한다.

아기 앞에서 저절로 지어지는 미소처럼 갓 태어난 것, 가장 약한 것, 가장 낮은 곳에 머무는 것, 가장 고통받는 것 앞에서 우리에게 허락된 것은 껴안는 일뿐이다. 절대 등을 보여서는 안 된다.

기도는 감사로부터 시작된다. 감사하는 마음이 없으면 기쁘지 않다. 감사하는 마음이 없으면 긍휼이 없다. 감사하는 마음이 없으면 사랑이 없다. 나와 남을 모두 행복하게 하는 마음의 우물이 감사이다. 감사의 우물이 마르지 않도록 매일 무릎을 꿇어야 한다.

좋아하는 것과 사랑하는 것은 다르다. 좋아하는 것은 그냥 좋아하면 된다. 마음이 자꾸 향해서 좋고, 마냥 웃음이 나서 좋다. 좋아함의 중심이 나여서 좋다. 그러나 사랑에는 좋아함을 뛰어넘는 그 무엇이 필요하다. 그것은 희생이다. 좋아하는 대가로 무언가를 잃게 되어도 돌아설 수 없어야 사랑이다. 만나고 헤어지는 것은 시간의 인연이다. 우리는 시간을 가로지를 수 있는 폭풍의 언덕에 띄엄띄엄 존재하는 유칼리나무, 도토리나무, 코르크나무, 버섯소나무이다. 만남을 알 수 없었듯 헤어짐을 붙들 수 없다. 의지로 쫓아가고, 운명으로 쫓기는 교차로에서 끊임없이 손을 펴는 연습으로 헤어짐을 받아들여야 한다.

사랑처럼 생의 어둠 또한 감출 수가 없다. 어둠을 앙금처럼 가라앉힐 수 있다고 생각했다. 〈Peace of Mind〉를 부적 삼아 떠오르려는 어둠을 온몸으로 막았다. 그러나 어둠은 바다에 속한 것이 아니라 하늘에 속한 것이라 보일 수밖에 없는 것이다. 잔인할 정도로 솔직하다.

다시 가게 되는 길이 있다. 가루이자와 성 파울로 가톨릭 교회를 15년 만에 다시 찾는다. 15년 전 교회 뒤 숲길에서 주워 보관한 밤 두 알의 힘으로 돌아간다. 느껴지는 교회의 크기는 다르지만 그 따스함, 그 하늘, 그곳에서의 기도는 다르지

않다. 15년 전과 똑같이 교회 앞에서 사진을 찍었다. 가지고
오거나 두고 온 것이 있으면 반드시 돌아가게 된다.

삶도, 여자도, 남자도, 술도 익어가고 정점에서 눈부시게 빛
나다 비껴선다. 요절한 사람과 삶과 사랑을 오래 기억하는 것
은 거슬렀기 때문이다. 절경에서 사라졌기 때문이다.

술은 인생을 거스르는 마법이다. 술로 지금의 내가 이전으로
돌아가 그때의 나를 만나고 위로한다. 돌아오지 않을 시간으
로 거슬러가, 그 시절에 쓰러져 있는 나를 일으켜 세운다. 문
밖의 나를 문 안으로 들인다. 서러워 울었던 눈물 자국을 닦
아주고, 서성이다 지쳐버린 발을 씻어준다. 마음의 중심이 커
지면 제대로 길을 가는 것이고, 중심이 작아지면 틀린 길을
가는 것이라 일러준다. 지는 일에 축 처진 뒷모습에 "지면 또
어때"라고 토닥인다. 이전의 고단한 내가 웃어준다. 지금의
내가 웃어준다. 말간 아침이 기다리고 있다.

—

해지다, 헤어지다

일 년 만에 옷이 해졌다. 여행지에서 산 스키니진인데 흔하지
않은 팥죽색에, 편해도 너무 편해 사계절 내내 사무실에서도,
여행에서도, 높지 않은 산에 오를 때도, 시도 때도 없이 입
었다.

그래도 명색이 진이기에 이렇게 금방 해지리라고는 생각도 못
했는데, 빨랫감으로 내어놓았다가 뒷주머니 주변이 해져 있
는 것을 발견했다. 수선을 하기도 어렵게 해졌다. 디자인, 컬
러, 입었을 때의 라인, 편안함 등 모든 것을 만족시키는 옷을
찾기가 어려운데, 모든 것을 만족시켰던 옷을 못 입게 되어
아쉽고 속상했다.

그리고 알게 된다. 해지면 헤어진다는 것을 말이다. 좋아하는

겯

것과 헤어지지 않기 위해, 소중한 것과 오래가기 위해서는 쉬어감이, 여백이 필요함을 말이다. 좋아한다는 이유로 자주 입게 되면 해지고, 좋아해서 자주 먹게 되면 물리고, 좋아해서 자주 만나게 되면 그리움이 사라진다.

사람이 있었다. 정반대의 사람. 함께하면 생기가 돌고, 계속 웃음이 나고, 케 세라 세라. What will be, will be. 되어야 할 것은 결국 그렇게 되기 마련이라고 믿게 만드는 사람이었다. 만나는 일이 소풍 같았다. 소풍처럼 많은 사람을 데려왔다. 소풍에서 보물을 찾은 것 같았다. 지루한 길에서 만난 롤러코스터였다. 그러나 소풍이 너무 잦았다. 소풍이 아닌 시간이 있어야 소풍이 즐거운 법이고, 사람과는 적어도 희로애락의 사계절을 함께 겪어야 하는데…… 소풍 같은 삶이 욕심이 나서 황금알을 낳는 거위의 배를 가르듯 마음이 급했다. 급해진 나 때문에 한철의 사람이 되었다. 한동안의 시간이 지나고, 이제는 그때의 욕심은 버리고, 사랑이 아닌 사람으로 만난다.

새해 행복하라고 인사를 전하고, 일 년에 한두 번 소풍 친구들과 함께 캠핑을 가고, 늦은 밤 갑작스런 연락으로 술을 마신다. 이제는 정말 소풍답게 만난다. 그래서 좋다. 더 바라지 않는다. 더 나아가지 않아 속상하지 않고, 서운하지도 않다.

이대로 족하다.

소풍 친구들과 어울려 가는 우리의 캠핑은 캐나다의 오로라
는 아니어도 무수한 별이 빛나고, 나무의 불과 향이 타오르
고, 오랜만에 함께여도 어제 만난 것 같아 좋다. 제대로 씻지
도 못하고, 맨얼굴로 함께이다. 며칠간 삼시 세끼 함께 밥을
지어 먹고, 산을 산책하고, 낚시를 하고, 저녁이 오면 내내 술
을 마시고 노래한다. 캠핑의 우리는 유랑극단 집시 같고, 우
리의 노래는 집시 킹스의 〈볼라레(Volare)〉이다.

이런 꿈을 다시 꾸지 못할 거예요. 내 손과 얼굴이 파랗게
물들고 갑작스런 바람이 끝없는 하늘로 날아가는 꿈을. 오
오! 날아가요. 노래해요. 파랗게 물든 푸르름 속에서 하늘
저쪽에 있는 건 행복했어요. 나는 행복에 겨웠어요. 태양
만큼 높이 더 높이. 지구는 점점 멀어지고 있었어요. 감미
로운 음악만이 나를 위해 울리고 있었어요. 오오! 날아가
요. 노래해요.

이전에는 뱀파이어 주를 마셨고, 최근에는 보드카에 자몽주
스이다. 보드카의 양도, 자몽주스의 양도, 얼음의 개수도 대
충이다. 앱솔루트 루비레드도 좋고, 그레이구스도 좋다. 나
중이 되면 얼음도 손으로 대충대충 넣는다. 그런데 그 대충이

겹

맛있다. 격식 따위는 존재하지 않아 맛있는 것이다. 편안해서 좋은 것이다.

옷도, 음식도, 사람도 복원의 시간이 필요하다. 혼자만의 시간이 필요하다. 그 시간만큼 기다려주면 오래갈 수 있다. 존재하는 것은 각자로 존재하게 해야 한다. 가지려 하기에, 집착하기에, 편애하기에 괴롭다. 남 때문에 괴로운 것이 아니라 나 때문에 괴로운 것이다.

가지지 않아도 때가 되어 함께이면 된다. 함께이지 못해도 잊지 않으면 된다. 마음을 주었다면, 소중하다면 그것으로 충분해야 한다. 어쩌면 그것이 세상에서 온전히, 행복하게, 사람과 만나는 길이다.

눈의 지문

사람과 사람이 만나는 것은 눈과 눈이 만나는 일이다. 눈을 본다는 것은 그 눈 속에 비친 나를 동시에 보는 것이기에 마음이 일어나는 일이고, 관계가 생기는 일이고, 사라질 수는 있어도 잊혀지지 않을 빛을 만드는 일이다. 그렇기에 가장 차가운 사람은 눈을 보지 않는 사람이고, 가장 슬픈 사람은 눈을 볼 수 없는 사람이고, 헤어진다는 것은 마음에는 머물 수 있어도 그 눈 속에 더이상 담길 수 없다는 것이다.

가족도 아니고 연인도 아니지만 눈으로 만나서, 눈에 묶여서, 눈을 읽게 되어서, 눈앞에 없어도 눈을 보게 되어서, 그러다 눈의 지문이 되어서 사는 내내 붙들고 갈 인연이 있다.

사람마다 견디지 못하는 상황이 있다. 그것은 극히 주관적이어서 누군가에게는 견딘다는 표현이 과장이 되는 아무렇지 않음이지만, 누군가에게는 공황장애와 같은 고통과 두려움이다. 그 상황을 벗어나기 위해 떠나고자 하는 J를 붙들었다. 하고 싶었던 일을, 일이 싫어진 것도 일에 부적합해서도 아닌 주변 상황 때문에 떠난다는 것은 아직 숨이 붙어 있는 꿈을 묻어버리는 것이다. 꿈을 버렸으나 그 버린 꿈을 잊지 못하고 힐끔거리는 것이 얼마나 초라한 일인지 알기에 모른 척할 수 없었다. 이야기를 하자 했고, 무엇이 힘든지 이야기하는 그 눈에서 걷는 일조차 버거운 아기 동물의 불안한 눈망울을 보았고, 나는 무슨 오지랖인지 걸을 수 있을 때까지만이라도 착한 보모가 되어주고 싶었다. 내 눈동자에 안쓰러움과 그만큼의 힘이 생겼다. 우리는 그렇게 시작되었다. 그렇게 각인되었다.

부딪히고 보듬어 안는 시간이 흐르고, 조심스럽게 믿음은 뿌리를 내리고 있었다. 그러나 믿었기에 편을 들지 않았고, 더 많이 꾸짖은 그날, J의 눈 밖을 넘지 못하는 눈물을 보았다. 눈물은 '믿음의 문일지라도 발로 차 열어서는 안 된다'고 말하고 있었다. 그렇게 보이지 않는 눈물을 본다는 것은 보이지 않는 속내를 본다는 것이다. 눈의 언어를 읽는 것이다. 눈물을 닦아줄 수 없어 컴컴해지는 일이다.

영민한 J는 어느새 너무 커버리고, 나의 우물은 넓지 않았다. 꿈은 머무는 자의 몫이 아니기에 커져버린 꿈을 위해 우물을 떠나겠다는 J의 말에 서운하지 않았다. 떠나겠다는 그 눈에 담긴 미안함에 이제는 등뒤를 비추는 등불이 되어주고 싶었다. J는 꿈 때문에 별 같고, 꽃 같고, 날게 될 것이다. 추천서를 썼다.

J는 큰 세상, 자유로운 세계를 만나고 왔고, 상황에 맞추거나 상황을 피하는 대신 J답게 살고자 했다. 그러나 같음보다 다름의 길은 쉽지 않다. 어느 밤, 나답게 사는 일의 고단과 고독에 지친다고, 아무리 소주를 마셔도 이겨내지지 않는다고 통곡이 왔다. 울음을 들었을 뿐인데 J의 젖은 눈이 내 앞에 왔다. 함께 울었을 뿐인데 내 손이 J의 눈에 닿았다. 부재의 존재였다. 울음이 소리가 아닌 눈의 일임을, 다독임도 손이 아닌 눈의 일임을…… 그렇게 그 밤은 우리를 가르쳤다.

우리는 많은 일을 겪었다. 십여 년의 눈의 낮과 밤을 지나며, 때로는 들쑤시고 후벼파는 소모이기도 했지만, 대부분 우리는 쓸모였고, 곁이었다. 재앙 같은 시간에 붙이는 반창고였다. 눈을 통해 물들었기에 일곱 번씩 일흔 번 용서하고자 했다.

종이책 대신 사람을 빌리는 도서관을 휴먼라이브러리라 한다. 사람도 책이다. 한 사람이 많은 시간을 들여 알게 된 지식과 경험, 마음이 휴먼북이다. 그것을 나누는 것이 함께 사는 일이다. 그래서 세상은 휴먼라이브러리이다. 그 거대한 도서관에서 J와 나는 눈으로 만나 장기 대여를 한 서로의 각별한 휴먼북이다.

남보다 거친 굴곡을 통해 단단해졌건만, 작은 돌부리에 넘어지기도 한다. 반복된 상처는 굳은살이 되었지만, 종이 한 장에 스쳐 철철 피가 나기도 한다. 충분히 어른이 되고도 어린 아이처럼 떼를 쓰고도 싶어진다. 바보 같은 서로를 말할 수 있어 좋다. 터무니없는 서로를 지켜봐줄 수 있어 좋다. 답이 아니라 눈이어서 좋다. 이렇게 지문이 되어갈 수 있어 고맙다. 우리는 시시때때로 무엇을 하는지 묻는다. 안녕을 묻는 것이다. 잘 살라는 기도이다. 그러나 살다보면 불빛도 별빛도 없는 암흑의 날이 온다. 나답게 사는 일이 틀렸다고 세상천지가 외면하는 날이 있다. 그 밤에 그러했듯 그런 어둠에 찾는 사람이 나였으면 좋겠다. 사람의 어둠을 밝히는 빛은 눈에 있다. 어둠 속에 J가 부르면, 눈빛으로 찾아가 우선 J가 좋아하는 소주를 반병씩 나눠 마시리라. 그리고 눈을 감고 숨을 고르고, 깊이 숨겨두었던 고은 시인의 강하고 간절한 인생의 말을 J에게, 나에게 들려주리라. 사는 내내 우리가 그렇게 살기를 기도하리라.

나는 나다. 고독한 우주에서 유일한 별빛이다. 나로서 살
라. 내가 태초이자 시작이고 빅뱅이다. 내가 인생을 시작하
고 살다가 패배하고 그렇게 사는 것이다. 누가 가르친 대로
살지 마라. 내 실존의 지대한 존엄성에 대해 이 세계의 어
떤 먼지도 모독할 수 없다.

_ 고은. 강연 중에서

술은 씨클로야

좋아하는데 무슨 이유가 필요하냐고. 좋아할 수밖에 없어서 좋아한다고 하지만 이유가 있기 마련이야. 술이 "왜 나를 좋아하냐고" 묻는 일 따위는 없겠지만, 사람 일은 모르는 거잖아. 아니 좋아하니까 내가 먼저 고백하고 싶어. 감출 수가 없으니까. 우선 몇 잔 정도는 마시며 긴장을 풀어야지. 얼굴이 조금 발그스레해져도 되겠지. 깊은숨을 몇 번은 쉬어야지. 오랫동안 좋아했고, 고백이니까.

술은 씨클로 같아 좋아. 씨클로를 타보지 못했다면 누군가가 자전거 페달을 밟고 있고, 그 사람 앞에 탔다고 상상을 해봐. 절대 그 사람의 뒤편에 앉아서는 안 돼. 꼭 앞편에 앉아야 해. 씨클로의 앉는 자리처럼 앞이 한 치도 가리어져서는 안 되니까. 이왕이면 해질녘의 씨클로가 좋아. 어두워질수록 감각이 열리잖아. 밝음보다는 어두움의 맛이 더 오래 기억되잖아.

이제 마셔보자고. 내 발로 걷지 않아도 어딘가로 가는 거야. 달리는 속도 때문에 모든 것이 조금씩 기분좋게 들썩거려. 불빛이 짙어지고. 보이지 않는 바람이 한순간 보이기도 하고, 강물과 함께였던 풀내음이 쫓아오고, 어느덧 원근감이 사라지지. 사람들도 소리도 파도처럼 성큼 다가오고, 스쳐가지. 환각, 환청은 아니고, 말이 안 되지만 소박하게 황홀해. 입가에 웃음이 흐르는 것이 느껴져.

계속 마시다보면 생에 지나쳤던 풍경을 달리기도 하고, 본 적 없지만 보고 싶었던 풍경을 달려. 어떻게 이런 일이 있는 거지? 차를 타거나 버스나 기차를 타고 달리는 것과 확연히 다르지. 인기척의 힘으로 달려서 내가 달리는 것 같아. 수고 없이 나보다 빠르게 멋지게 달리는 거야. 그저 앉아 있을 뿐인데 어느새 세상에 발을 디딘 적이 없었던 듯 세상 모든 것이 아득해지는 거야. 스치는 것을 고스란히 느끼고, 생생히 받아들이면서 말이야. 숨이 달달해져. 그리고 행복이 번져. 흩날려. 행복이 넘쳐서, 고마워서 나누고 싶어져. 너그러워져. 선해지고 싶어. 지킬 수 없는 약속에도 손가락을 걸곤 해.

아주 가끔은 품지 말아야 할 것들을 품게도 되지. 불가능을 가능이라 읽기도 하지. 사라지고 남겨진 것들을 헤아리지. 되돌릴 수 없는 것들을 만지작거리지. 그때가 씨클로에서 내릴 시간이야. 더 지체하다가는 잠들어버리고 낭패를 볼지도 몰라. 씨클로에서 사라졌던 발이 돌아오고, 나의 발로 걸어야지. 술은 좋은 날에 마시는 것이 아니라, 마시면 좋아지는 거라 했지. 씨클로도 행복한 날에 타는 것이 아니라, 씨클로를 타면 행복해져.

돌아가는 길, 날 부르는 소리가 들려. 잠깐만 멈추라고 하지. 고개는 돌리지 말라고 해. 고백이니까.

"친구, 늘 뒤편에 있을게. 앞편은 사람의 자리니까. 사랑의 자리니까…… 기억의 자리니까……"

술을 좋아한 진짜 이유를 이제는 알겠다.

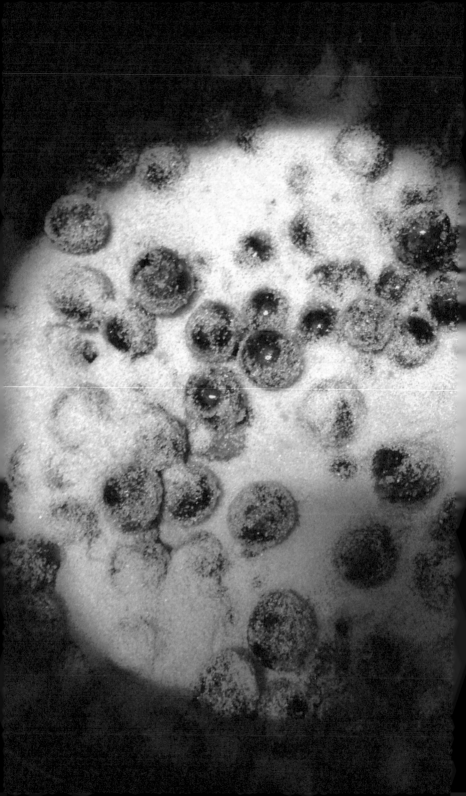

—

소로에 내린 비

우리는 대로를 걸어간다. 혼자만의 길이 아닌 모두가 공유하는 길이기에 그 길에서는 상식에 지배되고, 순서가 있고, 누군가를 따르게 되고, 아무 생각 없이 무리에 휩쓸려 걷게도 된다. 대로의 일은 삶의 경력이 되지만 조화와 평화라는 윤리 속에 색채를 잃기도 한다.

그런 대로가 숨을 쉬고, 대로에 미소가 번지고, 상상이 떠다니고, 사람과 사람이 이어지는 것은 사이사이의 골목, 소로(小路)가 있기 때문이다. 신은 소로에 삶의 비밀을 숨기셨기에 발은 대로를 디뎌도 마음은 소로에 머문다. 소로의 기운은 불완전함, 불가능, 서툶을 위로하고, 시간이 엇갈려도 꿈은 엇갈리지 않았다고, 기다리는 힘을 준다. 바닷속에서는

결

무엇이든 크게 보여 해녀가 바위틈에서 채취가 가능하듯 소로에서는 사람이 크게 느껴져 사랑이 안녕하다. 희망이 새벽에 오는 일도, 밤에 등불을 밝히는 일도, 외로움에 지지 않는 일도 다 소로의 일이다. 소로가 있어 사람이 사람답다. 아름답다. 그래서 여행자의 발걸음은 결국 소로에 닿는다.

소로는 우리의 수천 가지 뿌리이고, 그 뿌리마다 기억이 채워져 있다. 기억이 없으면 그리움도 없다. 소로에 그리움의 노래가 끊이지 않는 이유이다. 소로의 그림자가 그림자로만 머물지 않는 이유이다. 우리는 기억이 머릿속에 있다 한다. 그러나 기억은 머릿속 어딘가에 있다가 부르면 망설이며, 머뭇거리며, 오는 것이 아니다. 기억은 기억이 만들어진 소로, 그 자리에 그대로 머물러 있다. 행복했었기에, 따뜻했었기에, 기뻤기에, 감동이었기에, 아니 아쉬웠기에, 아팠기에, 미련이 남았기에, 안쓰러웠기에…… 그렇게 마음을 두고 왔기에 우리의 무의식이 뿌리를 통해 찾아가는 것이다. 지금의 내가 찾아가는 것이다. 우리는 때로는 바람이 안개를 쓸어가듯 그렇게 자취 없이 찾아간다. 때로는 풀더미 속에 묻혀버린 반지를 찾듯 그렇게 더듬거림으로 찾아간다. 새벽 농무처럼 오래 걸리기도 하고, 한순간 반지가 만져지기도 한다.

내 기억 속의 술은 소로에 내린 비였다. 소나기에 답답함을 지웠다. 단비에 채워졌다. 밤비가 있어 눈물을 들키지 않았다. 안개비에 설레었다. 약비가 있어 상처를 어루만졌다. 찬비가 있어 헤어졌다. 돌아가지 않았다. 바람비에 신을, 이슬비에 사람을 느꼈다. 비보라에 단단해졌다. 비가 만들어내는 다양한 풍경만큼이나 다른 온도와 습도가 있었다. 소로에서 비가 오는 날만큼 마시고, 비의 양분으로 뿌리를 내렸다. 그렇게 나무가 되었다.

비가 된 술의 기억을 찾아간다. 그 끝에는 곱슬기 있는 단발머리에 지금과는 달리 장난기 많은 눈을 한 초등학생 시절의 내가 있다. 가을이 시작되고 부엌에 포도주를 담근 독이 들어온다. 독은 밀봉된 채 한 계절을 보낸다. 손님이 오신다. 사촌이모나 아버지의 친구분들이었으리라. 독이 열리고 예쁜 법랑주전자에 담겨 포도주는 방으로 가고, 어른들이 이야기를 나누는 틈에 부엌으로 가 봉인을 해제한 포도주를 한 숟가락 맛본다. 맛보다 불온한 기운이 먼저 다가온다. 포도만큼 달지는 않지만 야릇한 맛이 있다. 도대체 무슨 맛인지, 왜 코까지 맛이 느껴지는지 알 수가 없어 밥공기에 담아 마셔본다. 가슴이 쿵쾅거린다. 어질하다. 엄마를 부르고 싶은데 부를 수가 없다. 그리고 쓰러진다.

몇 년 전부터 그 기억을 자꾸 찾아가게 되어 미루고 미루다 포도주를 담근다. 여름과 가을이 겹치는 날, 간장을 담았던 독을 꺼내 며칠간 물과 햇빛으로 간장의 흔적을 거두어내고, 머루포도를 사다 포도주를 담근다. 광주리의 알알이 빛나는 포도알은 포도가 익어가는 와이너리처럼 눈부시고, 반지르르해서 얼굴이 비치는 독은 오크통보다 정겹다. 어느 날 독을 열고 어떤 내음으로 익어가는지 코를 박았다.

나는 아직 기억의 그 시간에 쓰러져 있는 듯하다. 지금까지의 나는 그 시간에 꾸는 꿈이었다. 깨어나면 리본블라우스를 좋아하셨던, 지금의 나보다 한참 젊은 엄마가 야단을 칠 것 같다. 다시 시작하면 잘 살려 하지 말고, 삶의 시기마다 해야만 했던 것을 할 수 있을까, 묻는다.

새롭게 담근 포도주도 한 계절을 익어갈 것이다. 하루종일 눈이 내리는 날 밤, 그때처럼 포도주를 열고, 마시다 쓰러질 요량이다. 지금보다 더 나이든 내가 언젠가 또 그날을 찾아가고 또 생각할 것이다. 다시 시작하면……

—

기다리고 있어

뜻대로 원대로 되지 않는 것이 많아 속상하고, 의기소침해지고. 연연해하는 것이 사는 일이다. 그래도 마음에 품고 기다리는 것이 있고, 기적처럼 어느 날 눈앞에 당도하는 일이 있어 삶은 아름답다.

꽃을 책갈피에 두어 꽃그림자가 만들어지길 기다리고 있다. 접시꽃은 안타까운 사라짐으로, 능소화는 서성이는 기다림으로 그림자를 드리운다. 색은 잃어도 글 속에 머문다.

바쁠 때, 마음은 가장 한적한 곳을 기다린다. 거칠고 성급한 찰나에서 벗어나 어질고 느린 영겁으로 데리고 갈 달항아리를 기다린다. 어리숙하게 둥근 곡선을 거닐다보면, 한 백년은 쉬이 지나갈 게다.

뜨거운 스페인에서 만드는 서늘한 기후가 필요한 피노누아, '마스 보라스(Mas Borras)'처럼 빨강에서 파랑이 만들어지는 일을 기다리고 있다. 일탈이 만드는 즐거움을 기다리고 있다. 힘들지 않게만 일하고, 사랑하고, 마시고, 아파서 빈손인 가을이다. 무엇을 죽을 만큼 할지 세상 어딘가에 적어 매달기 위해, 계절의 힘을 기다리고 있다.

하루키보다 따뜻한 김연수 작가의 글을 기다리고 있다. 맥주와 눈과 달리기와 계절을 함께하는 동시대의 친구 같아 늘 기다리게 된다.

멸치만으로 국물을 냈을 뿐인데, 호박 고명밖에 얹지 않았는데, 열여덟 가지 맛을 내는 국수를 만들 수 있는 날을 기다리고 있다.

12월이 오면 일 년간 그래도 이렇게라도 걸어왔다고 서로 격려하고 보듬어주는 함께의 시간도 좋지만, 그 시간만큼 혼자의 시간을 기다린다. 안개, 습기, 고임, 생채기, 어둠이 풀어헤쳐지는 삶과 삶의 골짜기에 가고자 한다.

이 년 전쯤 잃어버린, 십 년 넘게 손목에 머물렀던 시계를 기다리고 있다. 한 시절이 문을 닫고 새로운 시절로 가는 전조라 너무 쉽게 생각했다. 미처 기억을 옮기지 못했다. 시인은 기억을 끌어다놓으면 산이 된다고 한다. 바위산이 된다고 한다. 시계가 돌아와야 한다. 바라볼 산이 없다는 것은 가야 할

겯

곳이 없다는 것이다.

다 마실 수 없어, 다 데리고 올 수 없어, 두고 온 술을 기다린다. 섬의 바다 앞 지하저장고에서 삼 년간 산의 색과 바다의 선으로 익어간 술이다. 북설(北雪)처럼 날카롭고, 맑고, 명징하게 파고들어 아픔이 될 줄 알았으나 희망처럼 한번 겪으면 잊을 수 없는 맛과 향으로 안아주는 술이다.

눈이 내려 물기의 안녕이란 말은 사르르 녹아버리고, 온기의 고마움만이 휘날리는 밤에는 셀 수 없어진 흰머리로 갈비뼈 없이 허허로이 세상을 지나고 있을 사람을 기다린다. 여자의 빛깔을 잃기 전에 미안하다는 말을 전하기 위해 기다린다. 바스러지고 앙상해진 것은 혼자만이 아니었다고 알려주고 싶다. 아침마다 바라보는 흑백사진을 술로 빚는 날을 기다리고 있다. 천년의 사랑을 지키는 경주의 산, 수만 개의 가지에 벚꽃이 피고, 수억의 벚꽃잎들이 물가에 흩날린다. 물가에 비치는 것은 나무의 뼈다. 처연함이 어떤 맛인지 만들 수만 있다면 인생을 걸겠다.

술 마시고 우리가 하는 말

ⓒ 한유석, 2015

1판 1쇄 발행 2015년 4월 8일
1판 3쇄 발행 2019년 10월 10일

글 한유석
사진 안웅철 한유석

편집 이희숙 박선주 **모니터링** 이희연
디자인 강혜림 정연화
마케팅 최향모 이지민 **홍보** 김희숙 김상만 오혜림
북클럽팀 지문희 우상희
제작 강신은 김동욱 임현식
관리 윤영지

펴낸이 이병률
펴낸곳 달 출판사
출판등록 2009년 5월 26일 제406-2009-000034호

주소 10881 경기도 파주시 회동길 455-3
✉ dal@munhak.com
🐦f📷 dalpublishers
전화번호 031-8071-8682(편집) 031-8071-8670(마케팅) **팩스** 031-8071-8672

ISBN 979-11-5816-002-9 03810